趣味
識字‧組詞
漢語拼音故事 ④

宋詒瑞 編著

國王出巡

新雅文化事業有限公司
www.sunya.com.hk

掌握方法，快速積累詞彙好容易

小朋友，你們在寫作文的時候，是不是總會有這樣的苦惱：我有很多話要說，但是不知道怎麼寫出來；我要說的意思，應該用哪些詞彙來表達呢？

對，這是我們每個人在寫作時都曾有過的煩惱。這說明，我們腦中所知道的詞彙還不夠多，不夠用來表達我們的所思所想。但是不用怕，我們正在努力幫助你們解決這個問題。

要想寫好作文，要想把我們心中所思所想的東西暢快、完整地表達出來，最重要，也是最基本的第一步就是要儘快豐富我們的詞彙量。

《趣味識字•組詞漢語拼音故事》就是專為幫助你們學習漢字、快速豐富你們的詞彙量而設計編寫的普通話故事書。它具有以下特點：

1. **專為小學生而設**：書中所選的字和詞語出自香港教育局頒布的香港學生「小學學習字詞表」，這是香港學生在小學階段必須學習的語文教學內容。

2. **字詞量豐富**：4 冊故事按筆畫序，從「小學學習字詞表」挑選160 個必學字，以及由這些字構成的詞語約 3,200 個，再加上由這些字和詞語引伸出去的常用詞語，約收集超過 4,800 個常用詞，大大豐富了小學生的詞彙量。

3. **方法巧妙，易學易記**：本書用「以字帶詞語」的方法，把同一個字組成不同的詞語，例如：工——工匠、工具、工藝、工地、工人、工程、工作、工資、工序、工會、工友、工業、工廠、工場、工傷、工蟻、工程師、工商業、工作證、工具書等，集中在一起，從中挑選8-12 個常用詞語，巧妙地編寫成一個有趣的故事，不但令你在短時間

內學會大量字和詞語，而且通過故事裏的句子，讓你在具體的語境裏，直觀地理解這些詞語的含義，以及掌握到這些詞語的正確用法，達到事半功倍的學習效果。

4. **語文遊戲多元化，活學活用**：每個故事後面設計 1-2 題的語文練習小遊戲，讓你立即檢測學習成效，並可作延伸學習，進一步豐富你的詞彙量。而故事下方的「我會接龍」，則把詞語擴展到更廣闊的層面，也可啟發你：學習詞語可以有多種方法。

5. **附加詞語解釋，助你快速掌握詞語含義**：考慮到初小學生的語文水平，每個故事還為一些程度稍深的詞語作了注釋，幫助你閱讀理解。

6. **查閱詞語的好幫手**：書末附加「小學生語文學習字詞表」，收集了香港學生「小學學習字詞表」裏的大部分詞語，可供你做組詞練習或寫作文時查閱用，也可供教師課堂上使用。

7. **有趣實用的普通話學習教材**：全書配上漢語拼音，以及普通話朗讀，你可以邊聽錄音邊跟着朗讀。這樣，學完這套 4 冊故事書的 164 個故事之後，你不僅掌握了大量的漢語詞彙，還有可能會說一口標準的普通話呢！

小朋友，當我們掌握了「以字帶詞語」的學習方法後，快速地豐富我們的詞彙量就很容易了；而當我們積累了豐富的詞彙，就可暢快、完整地地表達出我們的思想。這樣，寫好一篇文辭優美、情感豐富的好文章便不再是一件困難的事情啦！

目錄

˙ㄅ f ㄆ

（第四冊，收集 40 個十三畫至二十五畫的小學生必學字。）

dāng
當 —
shísānhuà
（十三畫）

dāng quán　dāng shí　xiāng dāng　dāng xīn　dāng jī lì duàn
當權、當時、相當、當心、當機立斷、

dāng zhōng　dàng zuò　dāng miàn　dāng chǎng　zhèng dàng
當眾、當作、當面、當場、正當

6360_001

zhǐ lù wéi mǎ de zhào gāo
指鹿為馬的趙高

qín èr shì dāng quán① de shí hou　dāng shí de chéng xiàng zhào gāo yě xīn bó
秦二世當權①的時候，當時的丞相趙高野心勃

bó xiǎng duó wáng wèi　tā xiǎng cè cè rén xīn　kàn cháo nèi yǒu duō shao dà chén néng
勃想奪王位，他想測測人心，看朝內有多少大臣能

tīng cóng tā de bǎi bù
聽從他的擺布。

zhào gāo bǎ yì tóu lù qiān dào qín èr shì gēn qián shuō　wǒ xiàn gěi bì xià
趙高把一頭鹿牽到秦二世跟前說：「我獻給陛下

yì pǐ hǎo mǎ
一匹好馬。」

èr shì shuō　zhè shì lù　zěn me shì mǎ ne
二世說：「這是鹿，怎麼是馬呢？」

zhào gāo shuō　bì xià bú xìn de huà　kě yǐ wèn wèn gè wèi dà chén
趙高說：「陛下不信的話，可以問問各位大臣。」

zhòng dà chén xiāng dāng② wéi nán　zhī dào yào fēi cháng dāng xīn de lái huí dá
眾大臣相當②為難，知道要非常當心地來回答

zhè ge wèn tí　zhè shí rén rén yào dāng jī lì duàn③　jué dìng zì jǐ de lì chǎng
這個問題。這時人人要當機立斷③，決定自己的立場。

yǒu liáng xīn de dà chén biàn dāng zhōng chāi chuān zhào gāo de huǎng yán　shuō zhè shì
有良心的大臣便當眾拆穿趙高的謊言，說這是

lù　píng rì jǐn gēn zhào gāo de dà chén zhǐ dé gēn cóng tā　bǎ lù dàng zuò mǎ
鹿；平日緊跟趙高的大臣只得跟從他，把鹿當作馬，

我會接龍

chōng dāng　dàng zhēn　zhēn shí　shí zai　zài suǒ bù xī
充當 → 當真 → 真實 → 實在 → 在所不惜

6

^{dāng miàn tǎo hǎo tā} ^{dǎn xiǎo pà shì de dà chén zhī zhī wū wū bù gǎn} ^{dāng chǎng biǎo}
當面討好他；膽小怕事的大臣支支吾吾不敢當場表
^{míng tài du}
明態度。

^{shì hòu} ^{zhào gāo jiù tōng guò gè zhǒng bú zhèng dàng de shǒu duàn} ^{bǎ bú shùn}
事後，趙高就通過各種不正當的手段，把不順

^{cóng tā de zhèng zhí dà chén tǒng tǒng lā}
從他的正直大臣統統拉

^{xià mǎ} ^{shèn zhì mǎn mén chāo zhǎn}
下馬，甚至滿門抄斬。

^{zhǐ lù wéi mǎ} ^{jiù chéng}
「指鹿為馬」就成

^{le gù yì diān dǎo hēi bái de yí jù}
了故意顛倒黑白的一句

^{chéng yǔ}
成語。

注：
① **當權**：掌握權力。
② **相當**：表示程度高，非常的意思。
③ **當機立斷**：抓住時機，立刻決斷。

為成語配對並連線。

當務　　獨當　　敢作　　當之　　銳不

一面　　之急　　敢當　　可當　　無愧

^{xī bié} ^{bié yǒu yòng xīn} ^{xīn bú èr yòng} ^{yòng ren bù yí}
→惜別 → 別有用心 → 心不二用 → 用人不疑

6360_002

父子經商 fù zǐ jīng shāng

　　黃家是當今的富商之一。黃老伯白手起家，從
學徒做起，經過十多年的磨練，才一步步走出了自己
的路，開辦了一家小公司，買賣家庭電器，當上了經
理，開始了經商的生涯。

　　兒子漸漸長大後，當了黃伯的好助手。黃伯手
把手傳授自己的經驗，經常和他一起到各地去了解
市場行情、審視產品品質。在世界經濟倒退的低潮
中，他們也經歷了艱難的時光，好不容易站穩腳跟。

　　經年累月①，兒子把經銷業務全部學到手，公
司的買賣業務差不多全是他經手。他還提出了一些好
建議，例如直接與廠方打交道，避開了經紀人②這一

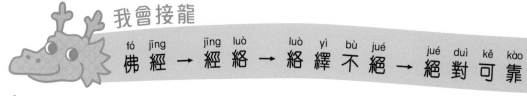

我會接龍

佛經 → 經絡 → 絡繹不絕 → 絕對可靠
fó jīng　　jīng luò　　luò yì bù jué　　jué duì kě kào

關，就可節省成本，減少經費開支。公司在他父子倆的合力經營下蓬勃發展，業務蒸蒸日上，黃家成了當地的富甲一方。

注：
① **經年累月**：經歷很多年月，形容時間很長。
② **經紀人**：為買賣雙方撮合，從中取得傭金的人。

語文遊戲

填空成句

經年累月　　不見經傳　　經過　　幾經　　經驗

　他的名字雖然（　　　　　），但是（　　　　　）他（　　　　　）的努力奮鬥，（　　　　　）周折，積累了（　　　　　），終於創下了這份家業。

→ 靠山 → 山窮水盡 → 盡力而為 → 為人

jiě
解 ——
shísānhuà
（十三畫）

tiáo jiě　　pái yōu jiě nán　　jiě jué　　jiě shì　　jiě dá　　nán jiě nán fēn
調解、排憂解難、解決、解釋、解答、難解難分、

jiě líng hái xū jì líng rén　　liǎo jiě　　jiě kāi　　jiě yí jiě chóu
解鈴還須繫鈴人、了解、解開、解疑解愁

6360_003

māo tóu yīng xiān sheng
貓頭鷹先生

māo tóu yīng xiān sheng bèi chēng wéi shì lín zhōng de tiáo jiě dà shī　tā zhuān
貓頭鷹先生被稱為是林中的調解①大師，他專

mén wèi gè jiā pái yōu jiě nán　　shéi jiā yǒu jiě jué bù liǎo de wèn tí　jiě shì
門為各家排憂解難②，誰家有解決不了的問題、解釋

bù chū de yí tuán　　yí dào māo tóu yīng xiān sheng zhè li　dōu néng huò dé mǎn yì de
不出的疑團，一到貓頭鷹先生這裏，都能獲得滿意的

jiě dá
解答。

qiáo　bái tù fū fù chǎo zhe jià lái le　　tù tài tai kū zhe shuō tù xiān sheng
瞧，白兔夫婦吵着架來了，兔太太哭着說兔先生

jìng rán wàng le tā de shēng rì　rě de tā hǎo shāng xīn　　māo tóu yīng xiān sheng
竟然忘了她的生日，惹得她好傷心。貓頭鷹先生

shuō　　nǐ liǎ xīn hūn bù jiǔ　qián jǐ tiān hái hǎo de nán jiě nán fēn　　bù zhí
說：「你倆新婚不久，前幾天還好得難解難分③，不值

dé wèi zhè jiàn xiǎo shì shāng le gǎn qíng ya　jiě líng hái xū jì líng rén　tù xiān
得為這件小事傷了感情呀。解鈴還須繫鈴人④，兔先

sheng　nǐ xiàng tài tai dào ge qiàn　　wèi tā bǔ guò ge shēng rì　bú jiù kě yǐ le
生，你向太太道個歉，為她補過個生日，不就可以了

ma　　tù xiān sheng dāng chǎng xiàng tài tai dào qiàn　　fū fù liǎng huān huān xǐ xǐ
嗎？」兔先生當場向太太道歉，夫婦倆歡歡喜喜

huí jiā le
回家了。

我會接龍

wǎ jiě　　jiě wéi　　wéi chéng　　chéng bǎo　　bǎo lěi　　lěi qiú
瓦解 → 解圍 → 圍城 → 城堡 → 堡壘 → 壘球

tǔ bō shǔ lái gào zhuàng shuō shì jiā li zāo zéi guāng lín diū shī le yí dài
土撥鼠來告狀，說是家裏遭賊光臨，丢失了一袋

yù mǐ lì māo tóu yīng xiān sheng liǎo jiě le àn qíng guān chá le xiàn chǎng gēn jù
玉米粒。貓頭鷹先生了解了案情，觀察了現場，根據

jiǎo yìn chá chū qiè zéi jiù shì lín jū dì gōu
腳印查出竊賊就是鄰居地溝

shǔ jiě kāi le zhè ge yí tuán
鼠，解開了這個疑團。

lín zhōng shǎo bu liǎo māo tóu yīng xiān
林中少不了貓頭鷹先

sheng zhè wèi jiě yí jiě chóu dà shī a
生 這位解疑解愁大師啊。

注：

① **調解**：勸説雙方消除糾紛。

② **排憂解難**：排除憂慮，解除危難。

③ **難解難分**：形容雙方關係異常親密，難於分離。

④ **解鈴還須繫鈴人**：比喻由誰惹出來的麻煩，還由誰去解決。

語文遊戲

選詞填空

調解　　令人不解　　解決　　解鈴還須系鈴人

他倆是好朋友，怎麼現在翻了臉，真（　　　　）。
老師（　　　　）也沒用，看來（　　　　　　　），
還是讓他們自己（　　　　　）吧。

qiú lèi huó dòng dòng zuò zuò wéi wéi suǒ yù wéi
→ 球 類 活 動 → 動 作 → 作 為 → 為 所 欲 為

gōng zī　tiān zī　zī lì　zī liào　zī xùn　zī zhù　zī gé
工資、天資、資歷、資料、資訊、資助、資格、

zī jīn　hé zī　zī zhì　zī shēn wàng zhòng　tóu zī
資金、合資、資質、資深望重、投資

6360_004

ā chéng de lù
阿成的路

ā chéng zhōng xué bì yè le
阿成中學畢業了。

tā de jiā jìng bú fù yù　fù qīn shī yè zuò lín shí gōng　gōng zī hěn dī
他的家境不富裕，父親失業做臨時工，工資很低，

mǔ qīn jiǔ bìng zài chuáng　ā chéng jué dìng bú zài kǎo dà xué　yào zhǎo gōng zuò fù
母親久病在牀。阿成決定不再考大學，要找工作負

dān jiā yòng
擔家用。

fù qīn shuō　nǐ tiān zī cōng míng　xué xí chéng jì yě hěn hǎo　yīng
父親說：「你天資①聰明，學習成績也很好，應

gāi jì xù shàng xué　xiàn zài qù gōng zuò　zī lì　xué lì dōu bú gòu　zhǎo
該繼續上學。現在去工作，資歷②、學歷都不夠，找

bu dào hǎo gōng zuò de
不到好工作的。」

ā chéng jué de fù qīn shuō de yě yǒu lǐ　biàn dào chù xún zhǎo zī liào　xìng
阿成覺得父親說的也有理，便到處尋找資料。幸

yùn de hěn　wǎng shàng zī xùn bāng le tā　chá dào le néng zī zhù yōu xiù xué sheng
運得很，網上資訊幫了他，查到了能資助優秀學生

de jī gòu　biàn qù shēn qǐng　tā fú hé shēn qǐng zī gé　dé yǐ jì xù shàng
的機構，便去申請。他符合申請資格，得以繼續上

dà xué shēn zào
大學深造。

我會接龍

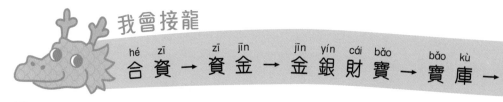

hé zī　zī jīn　jīn yín cái bǎo　bǎo kù　kù cún
合資 → 資金 → 金銀財寶 → 寶庫 → 庫存 →

ā chéng gōng dú gōng shāng guǎn lǐ zhuān yè　bì yè hòu hé yǒu rén còu
阿 成 攻 讀 工 商 管 理 專 業，畢 業 後 和 友 人 湊

le xiē zī jīn　kāi shè le yì jiā hé zī gōng sī　kāi chuàng le zì jǐ de shì
了 些 資 金，開 設 了 一 家 合 資 公 司，開 創 了 自 己 的 事

yè　tā běnshēn zī zhì yōu xiù　tóu
業。他 本 身 資 質 ③ 優 秀，頭

nǎo líng huó　jīng yíng yǒu dào　hěn kuài
腦 靈 活，經 營 有 道，很 快

jiù huò dé yì xiē zī shēn wàng zhòng de
就 獲 得 一 些 資 深 望 重 ④ 的

shāng rén yě lái tóu zī　ā chéng de
商 人 也 來 投 資，阿 成 的

dào lù yuè zǒu yuè kuān guǎng
道 路 越 走 越 寬 廣。

注：

① **天資**：天生的資質。

② **資歷**：資格和經歷。

③ **資質**：人的素質、智力。

④ **資深望重**：資歷深、資格老、道德高尚受人尊敬。

語文遊戲 ✏

選字成詞，請圈出合適的字組成詞。

a. 天（質／資）　　b. 資（歷／曆）　　c. 資（訊／迅）

d. 資（源／原）　　e.（投／頭）資　　f.（公／工）資

cún zài　zài zuò　zuò wèi　wèi zhì　zhì zhī bù lǐ
存 在 → 在 座 → 座 位 → 位 置 → 置 之 不 理

yùn
運 ——
shísānhuà
（十三畫）

| yùn hé | yùn shū | yùnsòng | yùn zài | xìngyùn | yùn sī jīng qiǎo |
運河、運輸、運送、運載、幸運、運思精巧、

yùnyòng　hǎo yùn
運用、好運

6360_005

乾隆下江南
qián lóng xià jiāng nán

乾隆皇帝乘坐龍船沿着大運河①下江南。

這條運河南起杭州，北到北京，是中國古代南北交通運輸的大動脈，南方的糧食和紡織品經它運送到北方。

乾隆見到無數船隻運載着貨物，在河面上穿梭來往；兩岸桃紅柳綠，江南水鄉的風光令龍顏大悅，他就心血來潮，要在半途停下來用膳。

這下急壞了大臣們，在這鄉下地方哪能找到好東西呢？也算他們幸運，有戶農家願意做一頓午飯。

農婦運思精巧②，運用了一些簡單的材料炒出了一碟菠菜和一碗豆腐。誰知乾隆吃得津津有味，問農婦：

我會接龍

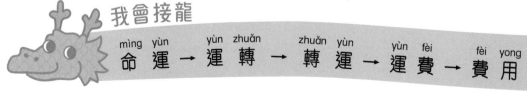

命運 → 運轉 → 轉運 → 運費 → 費用
mìng yùn　yùn zhuǎn　zhuǎn yùn　yùn fèi　fèi yong

14

zhè shì shén me cài　　zhè mó hǎo chī
「這是什麼菜，這麼好吃！」

nóng fù bù gǎn shuō zhè shì jí pǔ tōng de bō cài　líng jī yí dòng　shuō
農婦不敢說這是極普通的菠菜，靈機一動，說：

zhè jiào hóng zuǐ lù yīng wǔ　　qián
「這叫紅嘴綠鸚鵡。」乾

lóng yì tīng dà zàn　　cài míng zhēn yǎ
隆一聽大讚：「菜名真雅

zhì
致！」

nóng fù jiāo shàng le hǎo yùn
農婦交上了好運，

dé dào qián lóng de fēng hòu shǎng cì
得到乾隆的豐厚賞賜。

注：
① **運河**：人工挖成的可以通航的河。
② **運思精巧**：善動腦筋，巧用心思。

語文遊戲 ✏

成語填空

a.運思（　　）（　　）　　b.運籌（　　）（　　）

c.運用（　　）（　　）　　d.（　　）來（　　）轉

yòng jìn suǒ néng　néng zhě duō láo　láo xīn láo lì
→ 用盡所能 → 能者多勞 → 勞心勞力

6360_006

xiǎo mǎ guò hé
小馬過河

xiǎo mǎ hé mā ma zhù zài hé biān　　mā ma měi tiān tuó zhe liáng shi guò hé sòng
小馬和媽媽住在河邊，媽媽每天駄着糧食過河送

dào cūn li qù
到村裏去。

xiǎo mǎ zhǎng dà le　　mā ma yào jiāo tā zuò shì le　　yì tiān　　tā duì xiǎo
小馬長大了，媽媽要教他做事了。一天，她對小

mǎ shuō　　hái zi guò lai　　jīn tiān nǐ bāng wǒ sòng liáng shi hǎo ma
馬説：「孩子過來，今天你幫我送糧食好嗎？」

hǎo a　　xiǎo mǎ hěn gāo xìng néng bāng mā ma zuò shì le
「好啊！」小馬很高興能幫媽媽做事了。

xiǎo mǎ tuó zhe liáng shi zǒu dào hé biān　　guò wǎng　　tā cóng méi yǒu dù guò zhè
小馬駄着糧食走到河邊，過往①他從沒有渡過這

tiáo hé　　bù zhī dào zì jǐ néng bu néng zǒu guò qu　　hé biān yì tóu lǎo niú shuō
條河，不知道自己能不能走過去。河邊一頭老牛説：

hái zi bú yòng pà　　hé shuǐ hěn qiǎn　　nǐ guò de qù de
「孩子不用怕，河水很淺，你過得去的。」

xiǎo mǎ zhèng yào zǒu xià hé　　yì zhī xiǎo sōng shǔ tiào le guò lai　　dà shēng
小馬正要走下河，一隻小松鼠跳了過來，大聲

shuō　　bié xià hé　　hé shuǐ hěn shēn　　nǐ guò bu qù de　　zuó tiān wǒ de yí
説：「別下河，河水很深，你過不去的，昨天我的一

ge tóng bàn jiù bèi shuǐ yān sǐ le
個同伴就被水淹死了。」

我會接龍

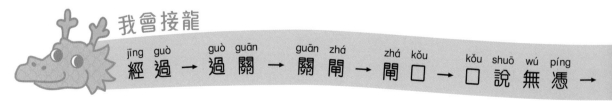

jīng guò　　guò guān　　guān zhá　　zhá kǒu　　kǒu shuō wú píng
經過 → 過關 → 關閘 → 閘口 → 口說無憑 →

xiǎo mǎ bù zhī zěn me bàn cái hǎo　　jiù huí qu wèn mā ma　　mā ma shuō
小馬不知怎麼辦才好，就回去問媽媽。媽媽說：

nǐ yào zì jǐ qù shì shì cái zhī dào ya
「你要自己去試試才知道呀。」

xiǎo mǎ huí dào hé biān　　xiǎo xīn yì yì
小馬回到河邊，小心翼翼

de yí bù bù zǒu guò le hé　　tā dà xǐ
地一步步走過了河。他大喜

guò wàng
過望②，原來河水不像老牛
yuán lái hé shuǐ bú xiàng lǎo niú

shuō de nà yàng qiǎn　　yě bú xiàng xiǎo sōng shǔ
說的那樣淺，也不像小松鼠

shuō de nà yàng shēn
說的那樣深。

注：

① **過往**：過去，以前。

② **大喜過望**：結果比原來希望的更好，因而感到特別高興。

語文遊戲

為成語配對並連線。

大喜	不及
過關	拆橋
過眼	改過
過猶	過望
過河	斬將
勇於	雲煙

píng jiè　　　jí kǒu　　　kǒu xiāng táng　　　táng guǒ　　　guǒ shí
憑藉 → 藉口 → 口香糖 → 糖果 → 果實

shí
實 —
shí sì huà
（十四畫）

shí gàn　　shí lì　　jiǎo tà shí dì　　shí xiàn　　lǎo shi
實幹、實力、腳踏實地、實現、老實、
shí shí zài zài　　zhēn shí　　qí shí　　míng fù qí shí
實實在在、真實、其實、名副其實

6360_007

cǐ dì wú yín sān bǎi liǎng
此地無銀三百兩

gǔ shí hou　　yǒu ge jiào zhāng sān de qióng rén　　suī rán qióng　　què shì ge shí
古時候，有個叫張三的窮人，雖然窮，卻是個實

gàn de rén　　tā píng shí lì qù zuò gù gōng　　jiǎo tà shí dì　　gàn huó　　zuàn dào
幹的人。他憑實力去做僱工，腳踏實地①幹活，賺到

le qián shě bu dé yòng　　tā shuō　　wǒ yào zuàn qián lái shí xiàn zì jǐ de mèng xiǎng
了錢捨不得用，他說：「我要賺錢來實現自己的夢想

mǎi fáng qǔ qī shēng zǐ　　gù zhǔ kàn tā lǎo shi hòu dao　　guò nián shí biàn
——買房娶妻生子。」僱主看他老實厚道，過年時便

gěi le tā yì bǐ qián
給了他一筆錢。

tā zǒng gòng yǒu le sān bǎi liǎng yín zi le　　fǔ mō zhe zhè xiē shí shí zài
他總共有了三百兩銀子了！撫摸着這些實實在

zài de yín zi　　tā gāo xìng jí le　　kě shì　　zhè me yí dà bǐ qián fàng zài nǎr
在②的銀子，他高興極了。可是，這麼一大筆錢放在哪

ne
兒呢？

yǒu bàn fǎ le　　tā bǎ yín zi mái zài mén kǒu de dà shù xià　　jiào de bù
有辦法了！他把銀子埋在門口的大樹下，覺得不

néng bǎ zhēn shí qíng kuàng ràng rén zhī dào　　biàn zài shù xià lì le yí kuài mù pái
能把真實情況讓人知道，便在樹下立了一塊木牌，

shàng mian xiě zhe　　cǐ dì wú yín sān bǎi liǎng　　zhè cái ān xīn qù shuì le
上面寫着：「此地無銀三百兩。」這才安心去睡了。

我會接龍

xiàn shí　　　shí xiào　　　xiào guǒ　　　guǒ shí　　　shí xí
現實 → 實效 → 效果 → 果實 → 實習

鄰居王二一早出門，看見樹下的牌子，大笑一
聲，趕快把銀子挖了出來。他怕張三懷疑是他偷的，
便在木牌的另一面寫上：「隔
壁王二未曾偷。」

兩個自以為聰明的人，其
實是兩個名副其實③的大笨蛋！

注：
① **腳踏實地**：形容做事踏實認真。
② **實實在在**：真實不虛假的。
③ **名副其實**：名稱或名聲與實際相符合。

用成語填空

真心實意　名副其實　踏踏實實
開花結實　實話實說　實事求是

　　他是個（　　　　　）的好警員，做事（　　　　　），
待人（　　　　　），辦案（　　　　　），對上司從不說
假話，（　　　　　）。他的努力最終（　　　　　）——
被評為一等模範警員。

duì
對一
shí sì huà
（十四畫）

duì shǒu　duì yú　duì miàn　duì xiàng　duì bu qǐ
對手、對於、對面、對象、對不起、

duì zhèng xià yào　duì jìn　duì kǒu
對症下藥、對勁、對口

6360_008

duì niú tán qín
對牛彈琴

gōng míng yí shì chūn qiū zhàn guó shí yí wèi zhù míng de yīn yuè jiā　　tā de
公明儀是春秋戰國時一位著名的音樂家，他的

yīn yuè zào yì hěn gāo　　guó nèi jī hū méi yǒu rén shì tā de duì shǒu
音樂造詣很高，國內幾乎沒有人是他的對手①。

　　tā cháng yāo qǐng péng you lái jiā tīng tā tán zòu gǔ qín　　duì yú tā de qín
　　他常邀請朋友來家聽他彈奏古琴，對於他的琴

yì　　rén men dōu zàn bu jué kǒu
藝，人們都讚不絕口。

　　yǒu yì tiān　　tā zhèng yào dòng shǒu tán qín　　yí wèi péng you zuò zài tā de
　　有一天，他正要動手彈琴，一位朋友坐在他的

duì miàn　　zhǐ zhe zài yì páng chī cǎo de niú ér shuō　　bù zhī dào zhè tóu niú néng
對面，指着在一旁吃草的牛兒說：「不知道這頭牛能

bu néng xīn shǎng nǐ de qín shēng
不能欣賞你的琴聲？」

　　gōng míng yí shuō　　ràng wǒ lái shì shi　　tā dàn le yì shǒu míng qǔ
　　公明儀說：「讓我來試試。」他彈了一首名曲，

niú ér wú dòng yú zhōng
牛兒無動於衷。

　　péng you hā hā dà xiào　　kàn lái nǐ xuǎn cuò le duì xiàng　　niú shì tīng bu
　　朋友哈哈大笑：「看來你選錯了對象，牛是聽不

dǒng nǐ de yīn yuè de
懂你的音樂的。」

我會接龍

chéng shuāng chéng duì　　duì lián　　lián hé　　hé zuò　　zuò duì
成雙成對 → 對聯 → 聯合 → 合作 → 作對

20

gōng míng yí tái qǐ shǒu lai　　tán chū le　yì　xiē mó fǎng wén chóng fēi wǔ hé
公 明 儀 抬 起 手 來 ，彈 出 了 一 些 模 仿 蚊 蟲 飛 舞 和

xiǎo niú jiào huan de shēng yīn　　nà tóu niú jìng rán shù qǐ　ěr duǒ lái tīng le
小 牛 叫 喚 的 聲 音 ，那 頭 牛 竟 然 豎 起 耳 朵 來 聽 了 。

gōng míng yí duì niú ér yí bài
公 明 儀 對 牛 兒 一 拜 ，

shuō　　　duì bu qǐ　　niú dà gē
說 ：「對 不 起 ，牛 大 哥 ，

gāng cái wǒ méi yǒu duì zhèng xià yào
剛 才 我 沒 有 對 症 下 藥②，

tán de qǔ zi bú duì jìn　　suǒ yǐ nǐ
彈 的 曲 子 不 對 勁③，所 以 你

bù xǐ huan　　xiàn zài zhè xiē yīn yuè cái
不 喜 歡 ；現 在 這 些 音 樂 才

duì kǒu　　le ba
對 口④了 吧 ？」

注：
① **對手**：指本領、水準不相上下的競賽對方。
② **對症下藥**：比喻針對具體情況決定解決問題的辦法。
③ **對勁**：稱心合意，合適。
④ **對口**：合口、合適。

語文遊戲

尋找近義詞並連線。

　　對換　　　對答　　　對待　　　對白　　　對比　　　對等

　　對付　　　調換　　　回答　　　相等　　　對話　　　對照

duì chèn　　chēng zàn　　zàn yáng　　yáng méi tǔ qì
→ 對 稱 → 稱 讚 → 讚 揚 → 揚 眉 吐 氣

jīng lì chōng pèi　jīng měi　jīng pǐn　jīng xīn　jīngqiǎo
精力充沛、精美、精品、精心、精巧、

jù jīng huì shén　jīng yì qiú jīng　jīng què　jīng pí lì jìn　jīng cǎi
聚精會神、精益求精、精確、精疲力盡、精彩、

jīng xì　jīng shén bǎo mǎn
精細、精神飽滿

6360_009

biǎo gē de jīng pǐn
表哥的精品

biǎo gē shì wèi gōngchéng shī　píng rì gōng zuò fán máng　kě shì tā jīng lì
表哥是位工程師，平日工作繁忙，可是他精力

chōng pèi　　　yè yú hái xǐ huan shōu jí hé zhì zuò jīng měi de dōng xi
充沛①，業餘還喜歡收集和製作精美的東西。

tā de fáng jiān li bǎi mǎn le xíng xíng shì shì de jīng pǐn　yǒu de shì tā měi
他的房間裏擺滿了形形式式的精品，有的是他每

cì lǚ yóu cóng wài dì dài huí lai de　　yǒu de shì tā zì jǐ jīng xīn zhì zuò de
次旅遊從外地帶回來的，有的是他自己精心製作的，

dōu shì yì xiē jīng qiǎo de shǒu gōng yì pǐn
都是一些精巧的手工藝品。

měi dāng biǎo gē zài jià rì zhì zuò yí yàng dōng xi　tā néng bǎ zì jǐ guān
每當表哥在假日製作一樣東西，他能把自己關

zài fáng li yì zhěng tiān　jù jīng huì shén de zuò　bù xǔ bié rén dǎ rǎo　tā
在房裏一整天，聚精會神②地做，不許別人打擾。他

zuò shì jīng yì qiú jīng　dà jiā dōu shuō tā shì ge wán měi zhǔ yì zhě　bǎi zài tā
做事精益求精③，大家都說他是個完美主義者。擺在他

bō lí guì li de nà sōu mù fān chuán　tā jiù duàn duàn xù xù zuò le yí ge yuè
玻璃櫃裏的那艘木帆船，他就斷斷續續做了一個月，

měi ge xì chù dōu yào zuò de shí fēn jīng què　gǎo de zì jǐ jīng pí lì jìn　dà
每個細處都要做得十分精確，搞得自己精疲力盡④，大

jiā dōu shuō yǐ jīng fēi cháng jīng cǎi le　tā què hái bù mǎn yì
家都說已經非常精彩了，他卻還不滿意。

我會接龍

jīng ling　líng xìng　xìng gé　gé jú　jú miàn　miàn pǔ
精靈 → 靈性 → 性格 → 格局 → 局面 → 面譜

tā hái néng yòng pǔ tōng de zhǐ zhé chū gè zhǒng dà xiǎo dòng wù jīng xì de
他還能用普通的紙摺出各種大小動物，精細得

jiào rén ài bú shì shǒu　　tā sòng gěi wǒ de
叫人愛不釋手。他送給我的

yì tiáo zhǐ lóng shì wǒ de bǎo bèi
一條紙龍是我的寶貝。

biǎo gē shì gè jīng shén bǎo mǎn de kuài
表哥是個精神飽滿的快

lè rén
樂人。

注：

① **精力充沛**：精神和體力都很充足、飽滿。

② **聚精會神**：集中精神，集中注意力。

③ **精益求精**：好了還求更好。

④ **精疲力盡**：形容非常疲勞，一點力氣也沒有了。

 語文遊戲

成語填空

a. 精力（　　）（　　）　　b. 聚（　　）會（　　）

c. 精益（　　）（　　）　　d. 精疲（　　）（　　）

e. 精神（　　）（　　）　　f. 精打（　　）（　　）

g. 精耕（　　）（　　）　　h.（　　）明（　　）幹

pǔ qǔ　　　qǔ pǔ　　　pǔ xiě　　xiě zuò
→ 譜曲 → 曲譜 → 譜寫 → 寫作

lǐng
領 —
shí sì huà
（十四畫）

lǐng xiù　dài lǐng　lǐng tóu　lǐng qǔ　lǐng kǒu　lǐng jīn
領袖、帶領、領頭、領取、領口、領巾、

tí gāng qiè lǐng　lǐng wù　zhàn lǐng　shuài lǐng　lǐng duì　lǐng chàng
提綱挈領、領悟、佔領、率領、領隊、領唱

6360_010

shǔ qī lǐng xiù yíng
暑期領袖營

jīn nián shǔ jià　　mā ma tì wǒ bào míng cān jiā le yí ge lǐng xiù yíng
今年暑假，媽媽替我報名參加了一個領袖營。

mā ma shuō wǒ píng shí pà xiū　fán shì duǒ zài hòu mian　bù kěn zuò dài lǐng
媽媽説我平時怕羞，凡事躲在後面，不肯做帶領

tā rén de lǐng tóu rén　dǎn zi tài xiǎo　yào qu xué xue zěn me dāng lǐng xiù
他人的領頭①人，膽子太小，要去學學怎麼當領袖。

rù yíng hòu　wǒ men lǐng qǔ le yí tào zhì fú shān
入營後，我們領取了一套制服衫

kù　lǐng kǒu shang zhuì zhe yí lì lán xīng　hái yǒu yì tiáo
褲，領口上綴着一粒藍星，還有一條

lán sè de lǐng jīn　chuān dài qǐ lai hěn shén qì ne
藍色的領巾，穿戴起來很神氣呢。

wǒ men tīng jiǎng zuò　fǔ dǎo yuán tí gāng qiè lǐng
我們聽講座，輔導員提綱挈領②

de jiǎng jiě le zuò wéi tuán duì lǐng xiù yào jù bèi de tiáo jiàn
地講解了作為團隊領袖要具備的條件，

hái ràng dà jiā fēn xī zì shēn de yōu quē diǎn　tǎo lùn rú
還讓大家分析自身的優缺點，討論如

hé gǎi shàn　zhè ràng wǒ lǐng wù　dào wǒ hái shi yǒu hěn duō yōu diǎn hé cháng chù
何改善，這讓我領悟③到我還是有很多優點和長處，

bìng bù bǐ bié rén chà　wǒ men hái zuò le hěn duō yóu xì　rú fēn chéng liǎng duì gè
並不比別人差；我們還做了很多遊戲，如分成兩隊各

我會接龍

dài lǐng　　lǐng huì　　huì jiàn　　jiàn wén　　wén suǒ wèi wén
帶領 → 領會 → 會見 → 見聞 → 聞所未聞

zì zhàn lǐng yí kuài zhèn dì　　rán hòu lún liú dāng jiāng jūn shuài lǐng bù duì qù jìn gōng
自佔領一塊陣地，然後輪流當將軍率領部隊去進攻

duì fāng　　kàn nǎ duì néng chū qí zhì shèng　　wǒ dāng lǐng duì de nà cì hái zhēn de
對方，看哪隊能出奇制勝。我當領隊的那次還真的

zhàn shèng le dí fāng ne
戰勝了敵方呢。

zuì hòu yì tiān de lián huān huì shang　　wǒ zài dà hé chàng shí dān rèn le lǐng
最後一天的聯歡會上，我在大合唱時擔任了領

chàng　　dà jiā dōu shuō wǒ de gē hóu bú cuò ne
唱，大家都説我的歌喉不錯呢。

注：

① **領頭**：帶頭。

② **提綱挈領**：提住網的總繩，提住衣服的領子。比喻把問題簡明扼要地提示出來。

③ **領悟**：領會、理解。

語文遊戲

1. 尋找近義詞並連線。

領袖　　帶領　　領口　　領悟　　領路　　領受

衣領　　率領　　領導　　帶路　　接受　　領會

2. 試用成語「提綱挈領」造句。

_____

_____

wén jī qǐ wǔ　　wǔ dòng　　dòng dàng　　dàng qiū qiān
→ 聞雞起舞 → 舞動 → 動盪 → 盪秋千

biāo
標 —
shí wǔ huà
（十五畫）

biāo qiān　biāo pái　biāo míng　biāo běn　biāo jì　biāo shì　biāo zhì
標籤、標牌、標明、標本、標記、標示、標誌、

biāo tí
標題

6360_011

zhì zuò biāo běn
製作標本

màn líng jiā lóu xià shì ge dà gōng yuán　　zì tā nián yòu shí qǐ　　nǎi nai jiù
曼玲家樓下是個大公園，自她年幼時起，奶奶就

tiān tiān dài tā qù gōng yuán　ràng tā rèn shi gè zhǒng huā cǎo shù mù　gōng yuán de cǎo
天天帶她去公園，讓她認識各種花草樹木。公園的草

mù shàng dōu yǒu biāo qiān　huò biāo pái　　biāo míng le zhí wù de míng chēng　suǒ yǐ
木上都有標籤①或標牌②，標明了植物的名稱，所以

màn líng zhī dào le hěn duō zhí wù de míng chēng ne
曼玲知道了很多植物的名稱呢。

màn líng yě　ài jiǎn shí gōng yuán dì shang
曼玲也愛撿拾公園地上

de luò huā hé luò yè　wǎng wǎng ài
的落花和落葉，往往愛

bú shì shǒu　nǎi nai jiù shuō
不釋手。奶奶就說：

bù rú wǒ men bǎ zhè xiē huā
「不如我們把這些花

hé yè zi zuò chéng biāo běn　ba
和葉子做成標本③吧，

kě yǐ cháng qī bǎo liú ne
可以長期保留呢！」

huí jiā hòu　　nǎi nai jiù zhǎo le yì xiē bái sè de yìng zhǐ bǎn　　hé màn líng
回家後，奶奶就找了一些白色的硬紙板，和曼玲

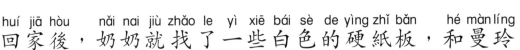

一起把花葉分類擺放在紙上，用膠紙固定住，再套在透明膠袋裏。奶奶說：「我們還要貼上標記，標示出花葉的名稱。」奶奶用白色貼紙做了很多標誌，曼玲一一貼上。

最後，曼玲說要為每一份標本起個標題④：美麗的紫荊花、秋日落葉、可愛的含羞草……奶奶誇獎她很有創意。

注：
① 標籤：貼在或繫在物品上，標明物品名、用途、價格等的紙片或布條。
② 標牌：做標誌用的牌子，上面有文字、圖案等。
③ 標本：保持實物原樣，或經過加工整理，供學習、研究時參考用的動物、植物、礦物。
④ 標題：標明文章、作品等內容的簡短語句。

語文遊戲

選詞填空

投標　　標新立異　　標準　　招標

這家酒店的工程正在（　　　　），建築（　　　　）的要求很高，外型要（　　　　），很多建築商都想（　　　　）。

chǔ jìng   jìng yù   yù jiàn   jiàn miàn   miàn tán
處 境 → 境 遇 → 遇 見 → 見 面 → 面 談

yīn yuè huì　yīn yuè　　lè hē hē　　lè qù　　lè tuán　　yuè qì
音樂會、音樂、樂呵呵、樂趣、樂團、樂器、

yuè shī　　yuè jù　　lè bu kě zhī　　yuè qǔ　　huān lè　　kuài lè
樂師、樂句、樂不可支、樂曲、歡樂、快樂、

lè guān
樂觀

6360_012

lù　tiān　yīn　yuè　huì
露天音樂會

xià　rì　yán yán　　dào le wǎn shang　　què shì liáng fēng xí xí　　jīn wǎn wǒ men
夏日炎炎，到了晚上，卻是涼風習習。今晚我們

yì　jiā zài jiān shā zuǐ hǎi páng cān jiā le yí cì lù tiān yīn yuè huì
一家在尖沙咀海旁參加了一次露天音樂會。

wǒ xǐ huan yīn yuè　　dàn cóng lái méi tīng guò yīn yuè huì　　wǒ men zuò
我喜歡音樂，但從來沒聽過音樂會。我們坐

zài guǎng chǎng de tái jiē shang　　sì zhōu dōu shì　lè hē hē　de rén men　　dà jiā dōu
在廣場的台階上，四周都是樂呵呵①的人們。大家都

shì zài yì tiān jǐn zhāng máng lù de gōng zuò zhī yú　　lái zhè li fàng sōng xīn qíng
是在一天緊張忙碌的工作之餘，來這裏放鬆心情、

xún qiú lè qù
尋求樂趣。

zhè　cì　yīn yuè huì
這次音樂會

shì jǐ ge yuè tuán lián hé
是幾個樂團聯合

jǔ bàn de　　jié mù yǎn chū
舉辦的。節目演出

zhī qián　　yuè duì zhǐ huī jiè
之前，樂隊指揮介

shào le měi yí yàng yuè qì　　yóu yuè shī shì fàn yǎn zòu yí ge yuè jù　　tā shuō huà
紹了每一樣樂器，由樂師示範演奏一個樂句。他說話

我會接龍

yuè yīn　　yīn yuè　　yuè zhāng　　zhāng jié　　jié rì　　rì luò
樂音 → 音樂 → 樂章 → 章節 → 節日 → 日落

fēng qù yōu mò dòu de tīngzhòng lè bu kě zhī hā hā dà xiào
風趣幽默，逗得聽眾樂不可支②、哈哈大笑。

zhī hòu yuè duì yǎn zòu le hǎo jǐ shǒu shì jiè míng qǔ zuì hòu yì zhī shì zhōng
之後樂隊演奏了好幾首世界名曲，最後一支是中

guó yuè qǔ xǐ yáng yáng bǎ rén men de huān lè qíng xù tuī xiàng gāo cháo
國樂曲《喜洋洋》，把人們的歡樂情緒推向高潮。

zhè shì yí cì kuài lè de jīng lì wǒ xiāng xìn xǐ huan yīn yuè de rén yí
這是一次快樂的經歷。我相信，喜歡音樂的人一

dìng dōu shì lè guān de rén
定都是樂觀③的人。

注：

① **樂呵呵**：形容高興的樣子。

② **樂不可支**：形容快樂到了極點。

③ **樂觀**：精神愉快，對事物的發展充滿信心。

語文遊戲

你會讀嗎？試着讀一讀看看。

經過苦練，她終於把樂譜背了出來，每個樂句都彈對了，她心裏樂滋滋的，十分快樂，從音樂中獲得極大的樂趣。

luò pò pò lì lì dà wú qióng qióng zé sī biàn
→落魄→魄力→力大無窮→窮則思變

rè
熱 —
shíwǔhuà
（十五畫）

gǔ dào rè cháng　rè chén　rè chéng　rè xīn cháng　　rè dù　rè shuǐ
古道熱腸、熱忱、熱誠、熱心腸、熱度、熱水、

rè fū　　rè qì téngténg　fā rè　tuì rè　rè lèi yíngkuàng　rè xīn
熱敷、熱氣騰騰、發熱、退熱、熱淚盈眶、熱心

6360_013

zhuó　mù　niǎo　yī　shēng
啄木鳥醫生

zhuó mù niǎo shì sēn lín li wéi yī de yī shēng　tā gǔ dào rè cháng　　rè
啄木鳥是森林裏唯一的醫生，他古道熱腸①，熱

chén wèi dà jiā fú wù　　shéi yǒu shén me bìng tòng　shéi yǒu shén me xū yào　　tā lì
忱為大家服務。誰有什麼病痛，誰有什麼需要，他立

jí guò qu rè chéng bāng máng　yì wù zhěn bìng　cóng bù shōu fèi　lín zhōng dòng
即過去熱誠②幫忙，義務診病，從不收費。林中動

wù dōu chēng zàn tā shì yí wèi rè xīn cháng de hǎo yī shēng
物都稱讚他是一位熱心腸③的好醫生。

nà yì tiān　xiàng shù lǎo bó tū rán dù téng　téng de tā quán qū zhe zhī tǐ zhí
那一天，橡樹老伯突然肚疼，疼得他蜷曲着肢體直

bu qǐ yāo lai　zhuó mù niǎo yī shēng wén xùn gǎn lái　yòu bǎ mài yòu liáng rè dù
不起腰來。啄木鳥醫生聞訊趕來，又把脈又量熱度，

yòu gěi tā zuò le quán shēn jiǎn chá　fā xiàn shì yǒu yì tiáo dú chóng zuān jìn le xiàng
又給他作了全身檢查，發現是有一條毒蟲鑽進了橡

shù lǎo bó de dù zi zhōng zhuó mù niǎo yī shēng mǎ shàng zhuó kāi shù pí　diāo chū
樹老伯的肚子中。啄木鳥醫生馬上啄開樹皮，叼出

dú chóng　zài yòng rè shuǐ qīng xǐ shāng kǒu　gài shàng máo jīn gěi xiàng shù lǎo bó rè
毒蟲，再用熱水清洗傷口，蓋上毛巾給橡樹老伯熱

fū　　zuì hòu wèi xiàng shù lǎo bó hē le yì wǎn rè qì téng téng de tāng yào
敷④，最後喂橡樹老伯喝了一碗熱氣騰騰的湯藥……

zhěng zhěng máng le yí ge wǎn shang xiàng shù lǎo bó de shāng kǒu shòu dào gǎn rǎn　hún
整整忙了一個晚上。橡樹老伯的傷口受到感染，渾

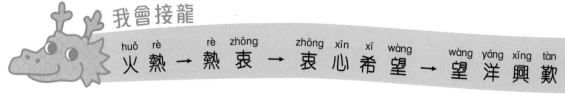

我會接龍

huǒ rè　　rè zhōng　　zhōng xīn xī wàng　　wàng yáng xīng tàn
火熱 → 熱衷 → 衷心希望 → 望洋興歎

^{shēn fā rè} ^{dì èr tiān} ^{zhuó mù niǎo yī shēng} ^{hái shǒu hù le} ^{xiàng shù lǎo bó zhěng ge}
身發熱，第二天啄木鳥醫生還守護了橡樹老伯整個

^{bái tiān} ^{děng xiàng shù lǎo bó} ^{tuì rè hòu tā cái}
白天，等橡樹老伯退熱後他才

^{huí jiā}
回家。

　　^{xiàng shù lǎo bó gǎn dòng de} ^{rè lèi yíng}
橡樹老伯感動得熱淚盈

^{kuàng} ^{féng rén biàn kuā zhuó mù niǎo yī shēng wú}
眶，逢人便誇啄木鳥醫生無

^{sī de} ^{rè xīn fú wù}
私的熱心服務。

注：

① **古道熱腸**：指待人真摯、熱情。

② **熱誠**：熱心而誠懇。

③ **熱心腸**：待人熱情、做事積極的性情。

④ **熱敷**：用熱的濕毛巾、熱砂或熱水袋等放在身體的局部來治療疾病。

語文遊戲

選詞填空

熱淚盈眶、熱心腸、熱土難離、熱火朝天

　　地震之後，一羣（　　　　　　）的人來救災，
迅速為災民搭建新村，基建工作（　　　　　　）。
可是（　　　　　　）啊，搬遷的時候，災民們都
（　　　　　　），捨不得走。

^{tàn xī} ^{xī shì níng rén} ^{rén dào zhǔ yì} ^{yì bù róng cí}
→ 歎息 → 息事寧人 → 人道主義 → 義不容辭

tiáo jiào　tiáo yǎng　tiáo pí　yóu qiāng huá diào　nán qiāng běi diào
調教、調養、調皮、油腔滑調、南腔北調、

qiāng diào　tiáo lǐ　duì diào　diào huàn
腔調、調理、對調、調換

6360_014

liǎng　zhī　yīng　wǔ
兩隻鸚鵡

xiōng dì　liǎ qù guàng què niǎo shì chǎng　jiàn dào liǎng zhī piào liang de yīng wǔ
兄弟倆去逛雀鳥市場，見到兩隻漂亮的鸚鵡。

gē ge shuō　　yīng wǔ jīng guò tiáo jiào　zhī hòu huì jiǎng huà　hěn yǒu qù de
哥哥說：「鸚鵡經過調教①之後會講話，很有趣的。」

dì di jiù shuō　　wǒ men měi rén mǎi yì zhī huí qu tiáo yǎng yì fān　kàn
弟弟就說：「我們每人買一隻回去調養一番，看

shéi de yīng wǔ shuō de hǎo
誰的鸚鵡說得好。」

gē ge yǒu hěn duō péng you cháng lái
哥哥有很多朋友常來

wǎng　jiàn le yīng wǔ dōu yào jiāo tā jǐ jù
往，見了鸚鵡都要教牠幾句，

yǒu xiē rén hái jiāo tā yì xiē cū yán sú yǔ
有些人還教牠一些粗言俗語。

suǒ yǐ yīng wǔ shí fēn tiáo pí　　yì kāi kǒu jiù
所以鸚鵡十分調皮，一開口就

yóu qiāng huá diào　　fā yīn shì nán qiāng běi
油腔滑調②，發音是南腔北

diào　　shén me qiāng diào　de huà dōu yǒu
調③，什麼腔調④的話都有。

dì di bú ràng bié rén jiē chù yīng wǔ　　tā zì jǐ lái tiáo lǐ　　měi tiān jiāo
弟弟不讓別人接觸鸚鵡，他自己來調理，每天教

我會接龍

lùn diào　　diào yán　　yán jiū　　jiū jìng　　jìng rán　　rán ér
論調 → 調研 → 研究 → 究竟 → 竟然 → 然而

tā yì xiē wèn hòu huà hái jiāo tā niàn jǐ shǒu jiǎn dān de shī gē
牠一些問候話，還教牠唸幾首簡單的詩歌。

yí ge yuè zhī hòu liǎng zhī yīng wǔ jìn xíng bǐ sài gē ge de yīng wǔ yì
一個月之後，兩隻鸚鵡進行比賽。哥哥的鸚鵡一
chū chǎng jiù dà shēng jiào dào hún dàn gǔn chū qu dòu de guān zhòng dà
出場就大聲叫道：「混蛋，滾出去！」逗得觀眾大
xiào dì di de yīng wǔ zé xiàng dà jiā niàn le yì shǒu ér gē huò dé zhòng rén
笑。弟弟的鸚鵡則向大家唸了一首兒歌，獲得眾人
chēng zàn
稱讚。

gē ge shuō wǒ men bǎ yīng wǔ duì diào yí xià ba
哥哥說：「我們把鸚鵡對調一下吧！」

dì di shuō bú yòng diào huàn nǐ duì tā shǎo shuō xiē zāng huà jiù xíng le
弟弟說：「不用調換，你對牠少說些髒話就行了。」

注：

① **調教**：照料訓練。

② **油腔滑調**：形容人說話輕浮油滑。

③ **南腔北調**：形容口音不純，摻雜方言。

④ **腔調**：指說話的聲音、語氣等。

語文遊戲

尋找近義詞

調皮	對調	調動	調節	調解	調遣
調度	頑皮	調換	調派	調停	調整

ér qiě qiě màn màn tiáo sī lǐ lǐ xìng
→ 而且 → 且慢 → 慢條斯理 → 理性

xué
學
shí liù huà
（十六畫）

xiǎo xué　xué xiào　xué xí　xué é　xué fèi　xué wèi　zì xué
小學、學校、學習、學額、學費、學位、自學、

shàng xué　xué shí　xué yè　zhōng xué　dà xué
上學、學識、學業、中學、大學

6360_015

mèi　mei　shàng　xué
妹妹上學

xuān huá de mèi mei yào shàng xiǎo xué le　　mā ma yì nián qián jiù wèi xuǎn xué
萱華的妹妹要上 小學 了，媽媽一年前就為選學

xiào de shì máng ge bù tíng
校的事忙個不停。

mèi mei zài yòu zhì yuán de xué xí chéng jì hái bú cuò
妹妹在幼稚園的 學習 成績還不錯，

mā ma xiǎng gěi tā shì shi shēn qǐng míng pái xiǎo xué　dàn shì nà
媽媽想給她試試申請名牌小學。但是那

xiē xué xiào de xué é　hěn shǎo　　yì qiān duō xué sheng zhōng zhǐ
些學校的 學額① 很少，一千多學生 中只

qǔ lù yí ge　xué fèi hěn guì　　lí jiā yòu yuǎn　suǒ yǐ hái
取錄一個， 學費 很貴，離家又遠，所以還

shi fàng qì le
是放棄了。

chōu qiān fēn pèi xué wèi shí　　mèi mei méi chōu zhòng zhì yuàn de xué xiào　mā
抽籤分配 學位 時，妹妹沒抽中志願的學校，媽

ma jiù yào wèi tā qù bēn bō　zhēng qǔ néng kǎo shàng yí ge hào xué xiào
媽就要為她去奔波，爭取能考上一個好學校。

xuān huá jiàn mā ma zhè yàng xīn kǔ　biàn shuō　　mā ma　　jiǎ rú wǒ men
萱華見媽媽這樣辛苦，便說：「媽媽，假如我們

bú yòng qù xué xiào　zài jiā zì xué　bà ba mā ma jiāo　xíng bu xíng a
不用去學校，在家 自學 ，爸爸媽媽教，行不行啊？」

我會接龍

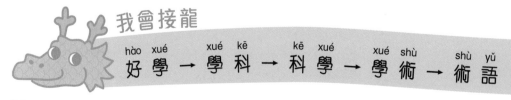

hào xué　xué kē　kē xué　xué shù　shù yǔ
好學 → 學科 → 科學 → 學術 → 術語

<ruby>媽<rt>mā</rt></ruby><ruby>媽<rt>ma</rt></ruby><ruby>説<rt>shuō</rt></ruby>：「<ruby>九<rt>jiǔ</rt></ruby><ruby>年<rt>nián</rt></ruby><ruby>的<rt>de</rt></ruby><ruby>義<rt>yì</rt></ruby><ruby>務<rt>wù</rt></ruby><ruby>教<rt>jiào</rt></ruby><ruby>育<rt>yù</rt></ruby><ruby>是<rt>shì</rt></ruby><ruby>政<rt>zhèng</rt></ruby><ruby>府<rt>fǔ</rt></ruby><ruby>規<rt>guī</rt></ruby><ruby>定<rt>dìng</rt></ruby><ruby>的<rt>de</rt></ruby>，<ruby>每<rt>měi</rt></ruby><ruby>個<rt>ge</rt></ruby><ruby>孩<rt>hái</rt></ruby><ruby>子<rt>zi</rt></ruby><ruby>都<rt>dōu</rt></ruby><ruby>要<rt>yào</rt></ruby><ruby>去<rt>qù</rt></ruby><ruby>學<rt>xué</rt></ruby><ruby>校<rt>xiào</rt></ruby><ruby>上<rt>shàng</rt></ruby><ruby>學<rt>xué</rt></ruby>，<ruby>這<rt>zhè</rt></ruby><ruby>樣<rt>yàng</rt></ruby><ruby>能<rt>néng</rt></ruby><ruby>保<rt>bǎo</rt></ruby><ruby>證<rt>zhèng</rt></ruby><ruby>他<rt>tā</rt></ruby><ruby>具<rt>jù</rt></ruby><ruby>有<rt>yǒu</rt></ruby><ruby>一<rt>yí</rt></ruby><ruby>定<rt>dìng</rt></ruby><ruby>的<rt>de</rt></ruby><ruby>學<rt>xué</rt></ruby><ruby>識<rt>shí</rt></ruby>②，<ruby>跟<rt>gēn</rt></ruby><ruby>得<rt>de</rt></ruby><ruby>上<rt>shàng</rt></ruby><ruby>社<rt>shè</rt></ruby><ruby>會<rt>huì</rt></ruby><ruby>的<rt>de</rt></ruby><ruby>要<rt>yāo</rt></ruby><ruby>求<rt>qiú</rt></ruby>，<ruby>在<rt>zài</rt></ruby><ruby>學<rt>xué</rt></ruby><ruby>業<rt>yè</rt></ruby>③<ruby>上<rt>shang</rt></ruby><ruby>打<rt>dǎ</rt></ruby><ruby>好<rt>hǎo</rt></ruby><ruby>基<rt>jī</rt></ruby><ruby>礎<rt>chǔ</rt></ruby>，<ruby>以<rt>yǐ</rt></ruby><ruby>後<rt>hòu</rt></ruby><ruby>能<rt>néng</rt></ruby><ruby>比<rt>bǐ</rt></ruby><ruby>較<rt>jiào</rt></ruby><ruby>順<rt>shùn</rt></ruby><ruby>利<rt>lì</rt></ruby><ruby>地<rt>de</rt></ruby><ruby>進<rt>jìn</rt></ruby><ruby>入<rt>rù</rt></ruby><ruby>中<rt>zhōng</rt></ruby><ruby>學<rt>xué</rt></ruby><ruby>和<rt>hé</rt></ruby><ruby>大<rt>dà</rt></ruby><ruby>學<rt>xué</rt></ruby>。<ruby>而<rt>ér</rt></ruby><ruby>且<rt>qiě</rt></ruby>，<ruby>每<rt>měi</rt></ruby><ruby>個<rt>ge</rt></ruby><ruby>孩<rt>hái</rt></ruby><ruby>子<rt>zi</rt></ruby><ruby>都<rt>dōu</rt></ruby><ruby>應<rt>yīng</rt></ruby><ruby>該<rt>gāi</rt></ruby><ruby>生<rt>shēng</rt></ruby><ruby>活<rt>huó</rt></ruby><ruby>在<rt>zài</rt></ruby><ruby>集<rt>jí</rt></ruby><ruby>體<rt>tǐ</rt></ruby><ruby>中<rt>zhōng</rt></ruby>，<ruby>習<rt>xí</rt></ruby><ruby>慣<rt>guàn</rt></ruby><ruby>與<rt>yǔ</rt></ruby><ruby>別<rt>bié</rt></ruby><ruby>人<rt>rén</rt></ruby><ruby>交<rt>jiāo</rt></ruby><ruby>往<rt>wǎng</rt></ruby>。<ruby>這<rt>zhè</rt></ruby><ruby>些<rt>xiē</rt></ruby><ruby>是<rt>shì</rt></ruby><ruby>在<rt>zài</rt></ruby><ruby>家<rt>jiā</rt></ruby><ruby>學<rt>xué</rt></ruby><ruby>不<rt>bu</rt></ruby><ruby>到<rt>dào</rt></ruby><ruby>的<rt>de</rt></ruby>。」

注：

① **學額**：學生的名額。

② **學識**：學術上的知識和修養。

③ **學業**：學習的功課和作業。

語文遊戲

為成語配對並連線。

才疏   學舌

博學   無術

學富   淵博

鸚鵡   學淺

學識   五車

不學   多能

→ <ruby>語<rt>yǔ</rt></ruby><ruby>言<rt>yán</rt></ruby><ruby>學<rt>xué</rt></ruby> → <ruby>學<rt>xué</rt></ruby><ruby>說<rt>shuō</rt></ruby> → <ruby>說<rt>shuō</rt></ruby><ruby>三<rt>sān</rt></ruby><ruby>道<rt>dào</rt></ruby><ruby>四<rt>sì</rt></ruby> → <ruby>四<rt>sì</rt></ruby><ruby>面<rt>miàn</rt></ruby><ruby>八<rt>bā</rt></ruby><ruby>方<rt>fāng</rt></ruby>

zhěng
整 ―
shí liù huà
（十六畫）

zhěng jié　zhěng zhěng qí qí　zhěng lǐ　zhěng qí　zhěng dùn
整潔、整整齊齊、整理、整齊、整頓、

zhěng tiān　zhěng zhěng　zhěng jiù rú xīn　zhěng ge　zhěng rán yǒu xù
整天、整整、整舊如新、整個、整然有序

6360_016

媽媽的潔癖
mā ma de jié pǐ

kè rén men dào wǒ jiā　yí jìn mén jiù huì dà zàn　à　duō me zhěng
客人們到我家，一進門就會大讚：「啊，多麼整

jié de jiā　dí què shì　wǒ men jiā li yí qiè dōu shì zhěng zhěng qí qí
潔的家！」的確是，我們家裏一切都是整整齊齊、

jǐng jǐng yǒu tiáo de　mā ma de zhè ge jié pǐ què bǎ wǒ men zhē teng de jiào kǔ lián
井井有條的。媽媽的這個潔癖卻把我們折騰得叫苦連

tiān
天！

jiā li de yí qiè mā ma dōu yào jīng shǒu zhěng lǐ　fēn mén bié lèi de fàng
家裏的一切媽媽都要經手整理，分門別類地放

hǎo　shéi ná yòng zhī hòu yí dìng yào wù guī yuán chù　bù rán jiù huì bèi tā yí dùn
好，誰拿用之後一定要物歸原處，不然就會被她一頓

chòu mà　wǒ men de wò shì tā yě yào guǎn　dōng xi dōu yào bǎi
臭罵。我們的卧室她也要管，東西都要擺

fàng zhěng qí　zāng yī wù yào jí shí chǔ lǐ　jǐn guǎn wǒ
放整齊，髒衣物要及時處理。儘管我

men yǐ jīng zuò dào　tā hái yào lái zhěng dùn　yì fān　tiāo
們已經做到，她還要來整頓①一番，挑

chū xiē máo bìng lai
出些毛病來。

mā ma zhěng tiān zài jiā máng ge
媽媽整天在家忙個

bù tíng zhuō yǐ jiā jù cā le yòu cā dì bǎn tuō le yòu tuō guò nián qián tā
不停，桌椅傢具擦了又擦，地板拖了又拖。過年前，她

huā fèi le zhěng zhěng liǎng tiān bǎ chú fáng de chuī jù cā de guāng liàng jié jìng
花費了整整兩天，把廚房的炊具擦得光亮潔淨，

zhěng jiù rú xīn dāng rán la tā nǔ lì de jié guǒ shì zhěng ge jiā jū xiǎn
整舊如新②。當然啦，她努力的結果是整個家居顯

de míng chuāng jìng jī zhěng rán yǒu xù bù dé bù chéng rèn zhè yàng de
得明窗淨几、整然有序③。不得不承認，這樣的

jiā kàn qǐ lai què shí shì shū fu dàn shì yào wéi chí tā dào shì yí jiàn kǔ shì
家，看起來確實是舒服，但是要維持它，倒是一件苦事

a
啊。

注：

① **整頓**：使紊亂的變為整齊，使不健全的健全起來。

② **整舊如新**：把舊的物件整修得好像新的一樣。

③ **整然有序**：一切都很整齊不亂。

語文遊戲

1. 尋找近義詞並連線。

整個　　整理　　整天　　整形　　整修　　整套

全天　　整容　　整頓　　全部　　全套　　修理

2. 為成語填空

a. 整舊（　　）（　　）　　b. 整（　　）（　　）齊

c. 整（　　）有（　　）　　d.（　　）（　　）待發

gàn shì shì tài tài du dù rì rú nián
→幹事→事態→態度→度日如年

jī
機 —
shí liù huà
（十六畫）

jī chǎng   tíng jī wèi   bān jī   zhuǎn jī   fēi jī   chéng jī
機場、停機位、班機、轉機、飛機、乘機、

jī tiě   shǒu jī dēng jī zhèng   dēng jī   jī gòu
機鐵、手機登機證、登機、機構

6360_017

香港國際機場
xiāng gǎng guó jì jī chǎng

xiāng gǎng guó jì jī chǎng shì xiāng gǎng wéi yī de mín háng jī chǎng，wèi yú
香港國際機場是香港唯一的民航機場，位於

xīn jiè xī dà yǔ shān chì là jiǎo　zhàn dì　gōng qǐng　shè yǒu liǎng tiáo pǎo dào
新界西大嶼山赤鱲角，佔地 1,255 公頃，設有兩條跑道

jí　ge tíng jī wèi
及 164 個停機位①。

yǐ qián xiāng gǎng jī chǎng shè zài shì qū　bān jī de shēng jiàng zào chéng duì
以前香港機場設在市區，班機②的升降造成對

shì mín de zào yīn gān rǎo　yě bù ān quán　xīn jī chǎng cóng　nián dòng gōng
市民的噪音干擾，也不安全。新機場從 1992 年動工，

nián　yuè zhèng shì qǐ yòng
1998 年 7 月正式啟用。

xīn jī chǎng kuān chang míng liàng　shè shī wán bèi　shēn shòu lǚ kè hǎo píng
新機場寬敞明亮，設施完備，深受旅客好評。

jī chǎng lián jiē quán qiú　ge háng diǎn　chāo guò　jiā háng kōng gōng sī
機場連接全球 180 個航點，超過 100 家航空公司

zài jī chǎng yíng yùn　měi tiān tí gōng yú　bān háng bān　zhuǎn jī yě
在機場營運，每天提供逾 1000 班航班，轉機也

fēi cháng fāng biàn　nián kè yùn liàng dá　wàn rén cì　céng jīng chuàng
非常方便。2013 年客運量達 5990 萬人次，曾經創

zào le dān rì fēi jī shēng jiàng　cì de xīn jì lù
造了單日飛機升降 1172 次的新紀錄。

我會接龍

dòng jī　jī yuán　yuán fèn　fèn nèi　nèi nèi wài wài
動機 → 機緣 → 緣份 → 份內 → 內內外外

本港旅客乘機方便，有機鐵③和多條機場巴士線通往機場。2013年還開始了手機登機證服務，旅客可用手機登記後在閘口掃描登機。

香港國際機場享有很高聲譽，曾被英國獨立航空調查機構④12年內8次評定為全球最佳機場。

注：

① **停機位**：停放飛機的位置。

② **班機**：有固定的航線並按排定的時間
起飛的飛機。

③ **機鐵**：機場鐵路線，由機場通往幾個
固定地點。

④ **機構**：泛指機關、團體或其他工作單位。

語文遊戲

尋找近義詞

機器	機警	時機	機件	心機	機密

機靈	機械	秘密	心思	機會	零件

→ 外部事務 → 務必 → 必需品 → 品德

jī
激 —
shí liù huà
（十六畫）

pīan jī　　jī jìn　　jī fā　　jī qíng　qún qíng jī áng　　jī fèn
偏激、激進、激發、激情、羣情激昂、激憤、

jī zēng　kāng kǎi jī áng　　jī fèn rén xīn　　jī lì　　jī zhàn
激增、慷慨激昂、激奮人心、激勵、激戰、

jī dàng rén xīn　jī yuè　jī dòng bù yǐ
激盪人心、激越、激動不已

6360_018

liǎng　　guó　　jī　　zhàn
兩國激戰

pū　kè guó de xīn guówángshàng rèn　　tā nián qīng qì shèng　xìng gé pīan jī
撲克國的新國王上任，他年輕氣盛，性格偏激①，

bàn shì jī jìn　　wèi yào xiǎn shì zì jǐ de wēi lì　　lì jí shuài bīng gōng dǎ lín jū
辦事激進。為要顯示自己的威力，立即率兵攻打鄰居

má jiàng guó
麻將國。

pū　kè guó de jūn duì zhàn lǐng le má jiàng guó de biān jìng jǐ ge chéng zhèn
撲克國的軍隊佔領了麻將國的邊境幾個城鎮，

shāo shā qiǎng lüè　　wú è bú zuò　　zhè xià jī fā le má jiàng guó de quán tǐ jūn mín
燒殺搶掠，無惡不作。這下激發了麻將國的全體軍民

de ài guó jī qíng　　quán guó shàng xià qún qíng jī áng　　rén rén yì cháng jī fèn
的愛國激情，全國上下羣情激昂，人人異常激憤，

bào míng cān jūn de rén shù jī
報名參軍的人數激

zēng　　jiàng lǐng zài chū fā qián
增。將領在出發前

kāng kǎi jī áng　de fā biǎo
慷慨激昂②地發表

le jī fèn rén xīn de dòng yuán
了激奮人心的動員

lìng　　jī lì shì bīng tòng jī
令，激勵士兵痛擊

我會接龍

cì jī　　jī shǎng　　shǎng shí　　shí bié zhēn wěi　　wěi shàn
刺激 → 激賞 → 賞識 → 識別真偽 → 偽善 →

^{dí rén} ^{shōu fù shī dì}
敵人，收復失地。

^{shuāng fāng} ^{jī zhàn} ^{le sān tiān sān yè} ^{zuì hòu yì tiān} ^{má jiàng guó de jiāng jūn}
雙 方激戰了三天三夜。最後一天，麻將國的將軍

^{jué xīn fā dòng zǒng gōng} ^{gǔ shǒu qiāo qǐ le} ^{jī dàng rén xīn} ^{de jūn gǔ} ^{jí cù}
決心發動總攻。鼓手敲起了激盪人心③的軍鼓，急促

^{jī yuè} ^{de gǔ shēng lìng rén} ^{jī dòng bù yǐ} ^{shì bīng men yì gǔ zuò qì chōng xiàng}
激越④的鼓 聲令人激動不已，士兵們一鼓作氣衝 向

^{dí rén jūn yíng} ^{bǎ cāng cù shàng zhèn de pū kè jūn dǎ de luò huā liú shuǐ}
敵人軍營，把倉促上 陣的撲克軍打得落花流水。

^{má jiàng guó huò dé dà shèng} ^{pū kè guó jiāo huán jǐ ge chéng zhèn} ^{tuì huí yuán}
麻將國獲得大勝。撲克國交還幾個城 鎮，退回原

^{dì} ^{bìng péi kuǎn zhì qiàn} ^{liǎng guó cái dé yǐ hé píng xiāng chǔ}
地，並賠款致歉，兩國才得以和平 相 處。

注：
① 偏激：意見、主張等過火。
② 慷慨激昂：形容情緒、語調激動昂揚，充滿正氣。
③ 激盪人心：心情因受衝擊而動盪。
④ 激越：聲音、情緒等很強烈、高亢。

選字填空

激戰　　激增　　激怒　　激昂　　激劇

由於敵人侵犯，（　　　）了百姓，形勢發生了
（　　　）變化。百姓羣情（　　　），男子參軍人
數（　　　），決心要和敵人進行一場（　　　）。

^{shàn liáng} ^{liáng hǎo} ^{hǎo dǎi} ^{dǎi tú} ^{tú dì}
善 良 → 良 好 → 好 歹 → 歹 徒 → 徒 弟

gū dú　dú zì　dú lì wú yuán　dú lái dú wǎng　dú xíng
孤獨、獨自、獨立無援、獨來獨往、獨行、

dān dú　dú jù huì yǎn　dú tè　dú jù jiàng xīn　dú chàng
單獨、獨具慧眼、獨特、獨具匠心、獨唱、

dú lì　dú dāng yí miàn
獨立、獨當一面

6360_019

gū　ér　yīn　yuè　jiā
孤兒音樂家

zhì míng shì ge bèi rén yí qì de gū ér　　zì yòu jiù shēng huó zài gū ér yuàn
志明是個被人遺棄的孤兒，自幼就生活在孤兒院

li
裏。

dǒng shì zhī hòu　　tā míng bai le
懂事之後，他明白了

zì jǐ de shēn shì　　zhī dào zì jǐ wú
自己的身世，知道自己無

fù wú mǔ　　gǎn dào hěn gū dú
父無母，感到很孤獨。

tā cháng cháng dú zì zuò zài yuàn
他常常獨自坐在院

zi de yí ge jiǎo luò　　huàn xiǎng zhe fù
子的一個角落，幻想着父

mǔ de mú yàng　　tā xiǎng qù zhǎo qīn shēng
母的模樣，他想去找親生

fù mǔ　　dàn shì tā dú lì wú yuán
父母，但是他獨立無援，

gēn běn zuò bu dào　　xiǎng dào wú qīn wú gù de zì jǐ zhè yì shēng jiāng dú lái dú
根本做不到。想到無親無故的自己這一生 將獨來獨

wǎng　　gū dān dān de dú xíng rén shēng lù　　tā hěn shāng xīn
往①，孤單單地獨行人生路，他很傷心。

我會接龍

dān dú　　dú bà　　bà zhàn　　zhàn lǐng　　lǐng tǔ　　tǔ dì
單獨 → 獨霸 → 霸佔 → 佔領 → 領土 → 土地

他愛唱歌。於是他常常單獨面對叢林高聲歌唱，抒發心中的鬱悶。一位老師獨具慧眼②，發現志明的歌喉很獨特，志明自己編寫的歌曲也獨具匠心③，能打動人心。便着力培養他，推薦他去音樂學校深造。

多年後，志明成為一名出色的獨唱音樂家和作曲家。他的獨立生活能力很強，在事業上能獨當一面④，發展得很順利。一個孤兒走出了自己的燦爛人生路。

注：

① **獨來獨往**：無伴侶，單獨行動。

② **獨具慧眼**：能看到別人看不到的東西，形容眼光敏銳，見解高超。

③ **獨具匠心**：指具有與眾不同的巧妙的構思。

④ **獨當一面**：單獨擔當一個方面的任務。

語文遊戲

為成語配對並連線。

獨具　　　　　　　　有偶

獨來　　　　　　　　慧眼

無獨　　　　　　　　獨往

xīng
興 —
shí liù huà
（十六畫）

xīng fèn　xìng gāo cǎi liè　wàng yáng xīng tàn　xìng zhì bó bó　xīng qǐ
興奮、興高采烈、望洋興歎、興致勃勃、興起、

xīng fēng zuò làng　xīng shī dòng zhòng　xīng yāo zuò guài
興風作浪、興師動眾、興妖作怪

6360_020
bā　xiān　guò　hǎi
八仙過海

mín jiān chuán shuō zhōng de bā xiān　gè gè dōu yǒu dú tè de fǎ qì hé běn
民間傳説中的八仙，個個都有獨特的法器和本

lǐng
領。

yǒu yì tiān　yǒu wèi xiān zhǎng
有一天，有位仙長

yāo qǐng tā men qù xīn shǎng mǔ dan
邀請他們去欣賞牡丹

huā　tā men jiē dào yāo qǐng dōu hěn xīng
花，他們接到邀請都很興

fèn　xìng gāo cǎi liè de jié bàn fù
奮，興高采烈地結伴赴

yàn　huí chéng shí bú jiàn le bǎi dù
宴。回程時不見了擺渡

chuán　wàng yáng xīng tàn　tiě guǎi lǐ
船，望洋興歎①。鐵拐李

jiàn yì　wǒ men bú shì dōu yǒu fǎ bǎo ma　zì jǐ xiǎng bàn fǎ guò hǎi ba
建議：「我們不是都有法寶嗎，自己想辦法過海吧。」

dà jiā dōu xìng zhì bó bó de gè xiǎn shén tōng　fēn fēn bǎ zì jǐ de bǎo wù
大家都興致勃勃地各顯神通，紛紛把自己的寶物

tóu rù hǎi zhōng　jiè zhe bǎo wù yōu rán áo yóu zài bì bō zhī zhōng
投入海中，借着寶物悠然遨遊在碧波之中。

我會接龍

fù xīng　　xīng shèng　　shèng huì　　huì jiàn　　jiàn miàn lǐ　　lǐ mào
復興 → 興盛 → 盛會 → 會見 → 見面禮 → 禮貌

海中興起的滔天巨浪震動了東海龍王的宮殿。

龍王得知是八仙在興風作浪②，便率領蝦兵蟹將出來干涉，雙方打起一場惡戰。眾仙連斬東海龍王兩個龍子，東海龍王怒不可遏，急忙興師動眾③，請來南海、北海、西海龍王，催動三江五湖四海的手下興妖作怪④，殺氣騰騰地直奔眾仙。這時，南海觀音經過這裏，便喝令雙方停手，及時制止了一場惡戰。

注：
① 望洋興歎：比喻要做一件事而力量不夠，感到無可奈何。
② 興風作浪：比喻挑起事端或進行破壞活動。
③ 興師動眾：發動很多人做某件事。
④ 興妖作怪：比喻壞人進行搗亂，壞思想擴大影響。

語文遊戲

尋找近義詞並連線。

興隆　　興衰　　興許　　興高采烈　　興風作浪

也許　　興亡　　興旺　　興妖作怪　　興致勃勃

→ 貌合神離 → 離別 → 別有風味 → 味同嚼蠟

jǔ 舉 —
shí liù huà
（十六畫）

jǔ zhòng　jǔ xíng　jǔ guó huān téng　jǔ mù wú qīn　jǔ bù wéi jiān
舉重、舉行、舉國歡騰、舉目無親、舉步維艱、

yán tán jǔ zhǐ　jǔ qí bú dìng　jǔ bàn
言談舉止、舉棋不定、舉辦

6360_021

jǔ　zhòng　gāo　shǒu
舉重高手

wǒ men jiā xiāng chū le yí wèi jǔ zhòng gāo shǒu　zài běi jīng jǔ xíng de ào yùn
我們家鄉出了一位舉重高手，在北京舉行的奧運

huì shang dé dào yì méi jīn pái　jǔ guó huān téng
會上得到一枚金牌，舉國歡騰①。

shuō qǐ zhè wèi jǔ zhòng gāo shǒu de chéng zhǎng guò chéng　zhēn shì hěn bù róng
說起這位舉重高手的成長過程，真是很不容

yì　tā nián yòu shí gēn fù mǔ lái wǒ men cūn li luò hù　nà shí tā men yī wú
易——他年幼時跟父母來我們村裏落戶，那時他們一無

suǒ yǒu　jǔ mù wú qīn　xiāng qīn men bāng tā men ān le jiā　tā fù qīn bāng
所有，舉目無親②。鄉親們幫他們安了家。他父親幫

rén dǎ gōng　miǎn qiǎng wéi chí shēng jì
人打工，勉強維持生計。

xiǎng bu dào tā fù qīn dé le zhòng bìng guò shì　mǔ zǐ liǎ gèng shì jǔ bù
想不到他父親得了重病過世，母子倆更是舉步

wéi jiān　xìng kuī yǒu wèi yuǎn fáng bó fù jiàn tā cōng huì　shōu yǎng le tā　sòng
維艱③。幸虧有位遠房伯父見他聰慧，收養了他，送

tā qù dài chéng shì shàng xué　tā shòu dào le liáng hǎo de jiào yù　yán tán jǔ zhǐ
他去大城市上學。他受到了良好的教育，言談舉止

dōu dà fang yǒu lǐ　xué xiào de tǐ yù lǎo shī kàn dào tā tǐ gé qiáng zhuàng　néng
都大方有禮。學校的體育老師看到他體格強壯，能

chī kǔ nài láo　biàn xùn liàn tā cóng shì jǔ zhòng yùn dòng　tā běn shì xiǎng zhǎng dà
吃苦耐勞，便訓練他從事舉重運動。他本是想長大

我會接龍

liè jǔ　jǔ lì　lì rú　rú shàng suǒ shù　shù shuō　shuō
列舉 → 舉例 → 例如 → 如上所述 → 述說 → 說

hòu dāng yì míng gōng chéng shī suǒ yǐ jǔ qí bú dìng jīng lǎo shī yí zài quàn
後當一名工程師，所以舉棋不定④。經老師一再勸

shuō tā cái tóng yì
說，他才同意。

jīng guò jiān kǔ de xùn liàn tā guǒ zhēn jìn bù shén sù zài shěng shì jǔ bàn
經過艱苦的訓練，他果真進步神速，在省市舉辦

de yùn dòng huì shang lián xù dé jiǎng hòu lái
的運動會上連續得獎，後來

bèi xuǎn bá jìn guó jiā duì zhōng yú duó dé jīn
被選拔進國家隊，終於奪得金

pái wèi guó zēng guāng
牌為國增光。

注：
① **舉國歡騰**：全國都為之歡呼，感到高興。
② **舉目無親**：抬眼望去，周圍沒有一個親友。
③ **舉步維艱**：邁出一步都很艱難，形容處境困難。
④ **舉棋不定**：比喻做事猶豫不決。

語文遊戲

成語填空

a. 舉目（　　）（　　）　　　b. 舉步（　　）（　　）

c. 舉棋（　　）（　　）　　　d. 一舉（　　）（　　）

e. 舉（　　）無（　　）　　　f. （　　）（　　）之勞

g. 舉（　　）反（　　）　　　h. 舉（　　）輕（　　）

huà bié bié chū xīn cái cái féng féng féng bǔ bǔ
→ 話別 → 別出心裁 → 裁縫 → 縫縫補補

qīn mì　xiāng qīn xiāng ài　qīn rén　qīn yǎn mù dǔ　qīn rè
親密、相親相愛、親人、親眼目睹、親熱、
qīn yǎn suǒ jiàn　qīn shǔ　qīn kǒu　qīn jìn　qīn shì
親眼所見、親屬、親口、親近、親事、
qīn zhě tòng chóu zhě kuài　qīn yǒu
親者痛仇者快、親友

6360_022

hǔ māo fēn jiā
虎貓分家

lǎo hǔ hé māo běn shǔ tóng yì jiā
老虎和貓本屬同一家
zú guān xì qīn mì　lǎo hǔ shì dà
族，關係親密。老虎是大
gē　māo shì xiǎo mèi　tā liǎng suī bú
哥，貓是小妹。他倆雖不
shì qīn xiōng mèi　dàn shì xiāng qīn xiāng
是親兄妹，但是相親相
ài　bǐ qīn rén hái yào qīn
愛，比親人還要親。

hǔ hé bào shì sǐ duì tou　cháng cháng hù xiāng tiāo xìn　zhǎo jī huì dǎ jià
虎和豹是死對頭，常常互相挑釁，找機會打架。
zhè shí māo mèi jiù zài yì páng dà jiào wèi hǔ zhù wēi
這時貓妹就在一旁大叫為虎助威。

kě shì yǒu yì tiān　lǎo hǔ dú zì zài lín zhōng mì shí shí　qīn yǎn mù
可是有一天，老虎獨自在林中覓食時，親眼目
dǔ le yí jiàn yì xiǎng bu dào de shì　tā kàn jiàn māo mèi jū rán hé yì zhī xiǎo
睹了一件意想不到的事——他看見貓妹居然和一隻小
bào qīn rè de zài yì qǐ xī xì　yào bu shì tā qīn yǎn suǒ jiàn　tā jué bu
豹親熱地在一起嬉戲！要不是他親眼所見，他決不
huì xiāng xìn zhè shì zhēn de
會相信這是真的。

我會接龍

qǔ qīn　qīn xìn　xìn yǎng　yǎng wàng　wàng zú
娶親 → 親信 → 信仰 → 仰望 → 望族

他把這件事告訴了親屬們，等貓妹回來後便開始了家族的審問。貓妹親口承認：她和小花豹一見鍾情，常常在一起玩，已經很親近了，甚至在考慮親事①了。

家族的長老們大怒，認為這事大逆不道，只能令親者痛仇者快②，絕對不能允許。但是貓妹的親友都同情她。一氣之下，貓家就離開了虎家，自立門戶了。

注：

① 親事：婚事。

② 親者痛仇者快：親人痛心，仇人高興。

語文遊戲

選詞填空

迎親　　父母親　　親事　　相親　　親朋好友

　　王姨結婚前先（　　　　），雙方（　　　　　）同意後才辦婚事。那天早上有（　　　　）隊伍去接新娘，新郎家宴請所有（　　　　），（　　　　）辦得很熱鬧。

→ 族長 → 長大 → 大家 → 家人 → 人民

xuǎn
選 —
shí liù huà
（十六畫）

xuǎn pài　pǔ xuǎn　tiāo xuǎn　xuǎn jǔ　xuǎn mín　hòu xuǎn rén
選派、普選、挑選、選舉、選民、候選人、

xuǎn piào　rèn xuǎn　xuǎn zé　xuǎn zhòng
選票、任選、選擇、選中

6360_023

pǔ xuǎn bān zhǎng
普選班長

kāi xué le　　bān zhǔ rèn shuō　　　　nǐ men dōu zhǎng dà le yí suì　　zhè xué
開學了，班主任說：「你們都長大了一歲，這學

qī de bān zhǎng bù néng yóu wǒ xuǎn pài　　nǐ men yì rén yí piào　lái cì pǔ xuǎn
期的班長不能由我選派①，你們一人一票，來次普選②

ba
吧。」

bān zhǔ rèn hái yào dà jiā hǎo hǎo kǎo lǜ　tiāo xuǎn nǎ wèi tóng xué lái dāng bān
班主任還要大家好好考慮，挑選哪位同學來當班

zhǎng
長。

dào le xuǎn jǔ de nà tiān　　dà jiā dōu hěn xīng fèn　　yīn wèi wǒ men dōu shì
到了選舉的那天，大家都很興奮，因為我們都是

xuǎn mín na　　tóng xué men tí chū le wǔ wèi hòu xuǎn rén　　lǎo shī bǎ míng zì dōu xiě
選民哪！同學們提出了五位候選人，老師把名字都寫

zài hēi bǎn shang　　hái fā gěi měi rén yì zhāng xuǎn piào　　wǔ rén zhōng rèn xuǎn liǎng
在黑板上，還發給每人一張選票。五人中任選兩

rén　　duō xuǎn le jiù shì fèi piào
人，多選了就是廢票。

wǒ men dōu hěn zǐ xì de tián xiě le xuǎn piào　　rán hòu bǎ xuǎn piào tóu rù xiāng
我們都很仔細地填寫了選票，然後把選票投入箱

zhōng　xuǎn zé le xīn mù zhōng hé shì dāng bān zhǎng de rén　　diǎn suàn xuǎn piào hòu
中，選擇了心目中合適當班長的人。點算選票後，

我會接龍

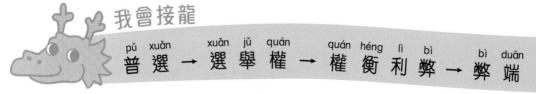

pǔ xuǎn　　xuǎn jǔ quán　　quán héng lì bì　　bì duān
普選 → 選舉權 → 權衡利弊 → 弊端

lǎo shī xuān bù shuō yì zhāng fèi piào dōu méi yǒu shuō míng dà jiā dōu hěn rèn zhēn jié
老師宣布說一張廢票都沒有，說明大家都很認真。結

guǒ liǎng wèi pǐn xué jiān yōu rè xīn wèi dà jiā fú
果，兩位品學兼優、熱心為大家服

wù de tóng xué bèi xuǎn zhòng dān rèn wǒ men de zhèng
務的同學被選中，擔任我們的正

fù bān zhǎng dà jiā dōu hěn mǎn yì
副班長，大家都很滿意。

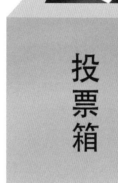

注：
① **選派**：挑選合於規定條件的人派遣出去。
② **普選**：一種選舉方式，有選舉權的公民普遍地
　　　　參加國家權力機關代表的選舉。

語文遊戲

1. 尋找意思相對的詞並連線。

選派　　選中　　選集　　選修

落選　　全集　　必修　　指派

2. 填空成句

選派　　選手　　選拔

　學校開運動會，老師（　　　）了四位同學參加
接力賽，是從一次百米賽跑中（　　　）出來的。這
四位（　　　）都磨拳擦掌，奪標的信心很大。

duān zhèng zhèng qì lǐn rán rán ér ér jīn jīn zhāo
→ 端正 → 正氣凜然 → 然而 → 而今 → 今朝

suí
隨一
shí liù huà
（十六畫）

suí shēn　　suí kǒu　　suí shēng fù hè　　suí cóng　　suí xíng　　suí hòu
隨身、隨口、隨聲附和、隨從、隨行、隨後、

suí xīn suǒ yù　　suí shí suí dì　　gēn suí　　suí fēng zhuàn duò
隨心所欲、隨時隨地、跟隨、隨風轉舵、

suí jī yìng biàn
隨機應變

6360_024

guó　wáng　chū　xún
國王出巡

guó wáng zài gōng li zhù de jiǔ le　　jué de fán mèn　　nà tiān tā hé suí shēn
國王在宮裏住得久了，覺得煩悶。那天他和隨身

de dà chén xián liáo　　suí kǒu shuō qi tiān qì hěn hǎo　　hěn xiǎng dào wài mian zǒu zou
的大臣閒聊，隨口說起天氣很好，很想到外面走走。

dà chén lì kè suí shēng fù hè　　　　shì ya　　　bì xià yīng gāi chū qù kàn kan wài
大臣立刻隨聲附和①：「是呀，陛下應該出去看看外

mian de fēng jǐng　　jiàn jian gè dì de bǎi xìng
面的風景，見見各地的百姓。」

yú shì dà chén jiù jī jí
於是大臣就積極

zhǔn bèi guó wáng de chū xún　　guó
準備國王的出巡。國

wáng dài tóng suí cóng jǐ shí rén chū
王帶同隨從幾十人出

fā　　tā zuò zài mǎ chē li　　suí
發，他坐在馬車裏，隨

xíng rén yuán qí mǎ suí hòu
行人員騎馬隨後。

guó wáng zài gōng li yí xiàng
國王在宮裏一向

suí xīn suǒ yù　　chū xún shí yě rú cǐ　　tā jiàn dào nǎr　　fēng jǐng yōu měi　　jiù
隨心所欲②，出巡時也如此。他見到哪兒風景優美，就

要停下留宿幾天；他覺得肚餓口渴，就要下車叫手下找東西吃，甚至是他想在哪兒停留就得馬上停下。他隨時隨地都有新的主意，跟隨他的大臣只得隨風轉舵③、隨機應變④，改變計劃好的行程，處處迎合國王的心意。

大臣心中叫苦連天，後悔自己為國王出了這個出巡的主意。

注：
① 隨聲附和：別人說什麼，自己跟着說什麼。形容沒有主見。
② 隨心所欲：一切都由着自己的心意，想怎麼做就怎麼做。
③ 隨風轉舵：比喻順着情勢改變態度。
④ 隨機應變：跟着情況的變化，掌握時機，靈活應付。

語文遊戲

為成語配對並連線。

隨心	附和
隨遇	應變
隨機	所欲
隨聲	而安

慢吞吞 → 吞咽 → 咽喉 → 喉頭 → 頭顱

yōu
優 —
shí qī huà
（十七畫）

yōu yóu zì dé　　yōu shì　　yōu dài　　yōu měi　　yōu shèng zhě
優遊自得、優勢、優待、優美、優勝者、

yōu xiù　　yōu yǎ　　yōu róu guǎ duàn　　yōu shèng liè bài
優秀、優雅、優柔寡斷、優勝劣敗

6360_025

lín zhōng de zhēng dòu
林中的爭鬥

zài màn cháng de dōng tiān li　　lín zhōng de dòng wù men xiū yǎng shēng xī
在漫長的冬天裏，林中的動物們休養生息，

rì zi guò de yōu yóu zì dé　　gè gè dōu yǎng jīng xù ruì　　yíng jiē xīn yì nián de
日子過得優遊自得①，個個都養精蓄銳，迎接新一年的

lái dào
來到。

chūn huí dà dì　　lín zhōng shēng jī bó bó　　dòng wù men yě fēn fēn zǒu chū
春回大地，林中生機勃勃，動物們也紛紛走出

jiā mén　　kāi shǐ xīn yì lún de shēng cún bó dòu
家門，開始新一輪的生存搏鬥。

shǒu xiān kāi shǐ de shì hóu zi wáng guó de wáng wèi zhēng duó zhàn　　lǎo hóu wáng
首先開始的是猴子王國的王位爭奪戰。老猴王

nián lǎo tǐ shuāi　　zǎo jiù shī qù le yōu shì　　nián qīng de gōng hóu yì hū bǎi
年老體衰，早就失去了優勢②。年青的公猴一呼百

yìng　　qīng yì bī zǒu le lǎo hóu wáng　　lǎo hóu wáng zài yě xiǎng shòu bú dào tóng zú
應，輕易逼走了老猴王，老猴王再也享受不到同族

de yōu dài le
的優待了。

yì qún xióng shī zé zài wèi zhēng duó yì tóu tǐ tài yōu měi de mǔ shī de qīng
一羣雄獅則在為爭奪一頭體態優美的母獅的青

lài ér dà dǎ chū shǒu　　yōu shèng zhě shì zú zhōng yì tóu yōu xiù de xióng shī
睞而大打出手，優勝者是族中一頭優秀的雄獅。

我會接龍

zhì yōu　　yōu zhì　　zhì dì　　dì dà wù bó　　bó xué duō cái
質優 → 優質 → 質地 → 地大物博 → 博學多才

yǒu xiē dòng wù de zhēng duó zhàn jiù wén yǎ xiē kǒng què xiān sheng zài xīn ài
有些動物的爭奪戰就文雅些：孔雀先生在心愛

zhě miànqián yōu yǎ de shū zhǎn kāi zì jǐ jǐn xiù bān de dà wěi ba yíng dé le duì
者面前優雅③地舒展開自己錦繡般的大尾巴，贏得了對

fāng de fāng xīn ér lìng yì tóu xióng kǒng què què yīn wèi yōu róu guǎ duàn màn le yí
方的芳心。而另一頭雄孔雀卻因為優柔寡斷④慢了一

bù shī qù le jī huì
步，失去了機會。

yōu shèng liè bài zhè shì zì rán
優勝劣敗，這是自然

jiè de fā zhǎn guī lǜ a
界的發展規律啊。

注：
① **悠遊自得**：生活悠閒自在。
② **優勢**：能壓倒對方的有利形勢。
③ **優雅**：優美雅致、高雅。
④ **優柔寡斷**：辦事遲疑，沒有決斷。

語文遊戲

1. 尋找近義詞並連線。

優點　　優秀　　優雅　　優裕　　優遇

優美　　長處　　優良　　優待　　富裕

2. 尋找反義詞並連線。

優點　　優勢　　優質　　優秀　　優厚

劣勢　　缺點　　普通　　菲薄　　劣質

cái huá yáng yì yì měi zhī cí cí yǔ yǔ wén
→才華洋溢→溢美之詞→詞語→語文

yīng
應 —
shí qī huà
（十七畫）

yìngyāo　　shì yìng　　yìng jiē bù xiá　　dé xīn yìngshǒu　　yìng fu
應邀、適應、應接不暇、得心應手、應付、

yìngzhēng　　yìngduì　　dā ying　　yīng gāi　　yīng yǒu jìn yǒu
應徵、應對、答應、應該、應有盡有

6360_026

移居美國
yí　jū　měi　guó

shí suì nà nián　　wǒ suí zhe fù mǔ yí jū měi guó　　zhè shì yīn wèi fù qīn yìng
十歲那年，我隨着父母移居美國。這是因為父親應

yāo qù měi guó yì suǒ dà xué rèn jiào liǎng nián
邀去美國一所大學任教兩年。

qǐ chū de rì zi wǒ hěn bú shì yìng nà
起初的日子我很不適應那

li de shēnghuó　　xué xiào de xué kē wán quán bù
裏的生活：學校的學科完全不

tóng　　tīng bu dǒng lǎo shī de jiǎng kè　　kè
同，聽不懂老師的講課，課

wài huó dòng duō de yìng jiē bù xiá
外活動多得應接不暇①，

méi yǒu zhī xīn péng you　　　　hòu lái wǒ
沒有知心朋友……後來我

de yīng yǔ shuǐ zhǔn tí gāo le　　cái néng dé xīn yìng shǒu de yìng fu yí qiè
的英語水準提高了，才能得心應手②地應付一切。

mā ma xiǎng zhǎo gōng zuò　　qù hǎo jǐ gè dì fang yìng zhēng　　dōu shī bài
媽媽想找工作，去好幾個地方應徵③，都失敗

le　　yīn wèi tā de yīng yǔ bù hǎo　　bù néng yìng duì miàn shì shí duì tā de fā
了，因為她的英語不好，不能應對④面試時對她的發

wèn　　tā yào wǒ měi wǎn jiāo tā yīng yǔ　　wǒ dā ying le　　zhè shì wǒ yīng gāi zuò
問。她要我每晚教她英語，我答應了，這是我應該做

我會接龍

shì yìng　　yìng jí　　jí gōng jìn lì　　lì hai chōng tū
適應 → 應急 → 急功近利 → 利害衝突

^{de}
的。

^{wǒ hěn xǐ huan}^{guàng}^{nà li de dà xíng}^{gòu huò}^{chǎng} ^{nà li dōu shì jí dà de}
我很喜歡 逛 那裏的大型購貨場。那裏都是極大的

^{huò cāng} ^{dà xiǎo jiā tíng}^{yòng pǐn} ^{yīng yǒu jìn yǒu} ^{rén men}^{shèn zhì zài nà li gòu mǎi}
貨倉，大小家庭用品應有盡有，人們甚至在那裏購買

^{jiàn zhù cái liào huí jiā zì jǐ dòng}^{shǒu}^{zhuāng xiū zhù wū}
建築材料回家自己動手 裝 修住屋。

^{liǎng nián hòu wǒ men huí dào xiāng}^{gǎng} ^{gāng huí lai shí} ^{wǒ yòu gǎn dào bú shì}
兩年後我們回到香港，剛回來時，我又感到不適

^{yìng le}
應了。

注：
① **應接不暇**：來人或事情太多，接待應付不過來。
② **得心應手**：心裏怎麼想，手就能怎麼做，形容運用自如。
③ **應徵**：泛指回應某種徵求。
④ **應對**：對答。

語文遊戲 🖉

1. **你會讀嗎？試試讀讀看。**

　　應屆畢業生的書架上各年級的課本應有盡有，都
應該贈送給來應考的學生，並應承要幫他們溫習功課
來應戰。

2. **猜謎**
　老鷹飛走了，留下了一顆心。

　　　　　　　　＿＿＿＿＿＿（打一字）

^{tū rán xí jī} ^{jī zhòng yào hài} ^{hài rén bù qiǎn}
→ 突 然 襲 擊 → 擊 中 要 害 → 害 人 不 淺

lǐ
禮一
shí qī huà
（十七畫）

hūn lǐ　　lǐ fú　　lǐ jié　　lǐ bài　　lǐ bài táng　　lǐ yí
婚禮、禮服、禮節、禮拜、禮拜堂、禮儀、

lǐ táng　　hè lǐ　　lǐ pǐn　　lǐ wù　　lǐ qīng qíng yì zhòng
禮堂、賀禮、禮品、禮物、禮輕情意重、

yǐ lǐ xiāng dài　　lǐ mào
以禮相待、禮貌

6360_027

xiǎo yí de hūn lǐ
小姨的婚禮

xiǎo yí jié hūn le　　jiā zhōng rè nao le hǎo jǐ tiān
小姨結婚了，家中熱鬧了好幾天。

xiǎo yí jǐ ge yuè qián jiù wèi hūn lǐ zuò zhǔn bèi le　　dìng hūn shā hé lǐ
小姨幾個月前就為婚禮作準備了：訂婚紗和禮

fú　　zhǎo jiǔ lóu　　fā qǐng jiǎn　　shú xī hūn lǐ de yí qiè lǐ jié
服、找酒樓、發請柬、熟悉婚禮的一切禮節①……

xiǎo yí hé yí fu dōu shì qián chéng de jī dū tú　　měi ge xīng qī tiān dōu qù
小姨和姨夫都是虔誠的基督徒，每個星期天都去

zuò lǐ bài　　suǒ yǐ tā men de hūn lǐ shì zài yì suǒ lǐ bài táng li àn zhào xī
做禮拜②，所以他們的婚禮是在一所禮拜堂③裏按照西

shì lǐ yí jìn xíng de　　lǐ táng hěn dà
式禮儀④進行的。禮堂很大，

yòng xiān huā bù zhì de hěn piào liang　　wǒ hé
用鮮花布置得很漂亮，我和

dì di zuò le tā de huā tóng
弟弟做了她的花童。

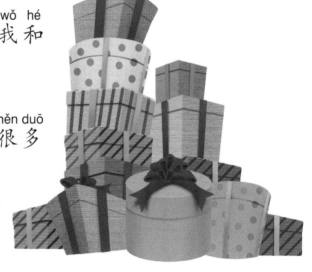

wǎn shang zài jiǔ lóu shè yàn　　hěn duō
晚上在酒樓設宴，很多

qīn yǒu dōu lái hè xǐ　　sòng le hěn
親友都來賀喜，送了很

duō hè lǐ　　zhè xiē lǐ pǐn dōu duī
多賀禮，這些禮品都堆

我會接龍

sòng lǐ　　　lǐ yù　　　yù xiǎn　　xiǎn xiàng héng shēng　　shēng mìng
送禮 → 禮遇 → 遇險 → 險象橫生 → 生命

chéng le yí zuò xiǎo shān xiǎo yí yě sòng gěi wǒ hé dì di liǎng jiàn xiǎo lǐ wù shuō
成了一座小山。小姨也送給我和弟弟兩件小禮物，説

lǐ qīng qíng yì zhòng gǎn xiè wǒ men zhè liǎng ge huā tóng wǒ men yě yǐ lǐ
「禮輕情意重」，感謝我們這兩個花童。我們也以禮

xiāng dài hěn lǐ mào de xiè xie tā bìng zhù tā xīn hūn kuài lè bǎi nián hǎo
相待，很禮貌地謝謝她，並祝她「新婚快樂，百年好

hé
合！」。

注：

① **禮節**：表示尊敬、祝頌、哀悼之類的各種慣用形式。

② **禮拜**：宗教徒向所信奉的神行禮。

③ **禮拜堂**：基督教教徒舉行宗教儀式的場所。

④ **禮儀**：禮節和儀式。

語文遊戲

填空成句

以禮相待　禮物　禮輕情意重　禮尚往來　禮品

生日那天，我收到很多（　　　　　　），我也對小客人們（　　　　　　），除了用豐盛的食物招待之外，給每人也送了小小（　　　　　　），（　　　　　　），這是（　　　　　　）嘛！

mìng yùn yùn qì qì fēn fēn wéi
→命運→運氣→氣氛→氛圍

zǒng
總 —
shí qī huà
（十七畫）

zǒng de lai shuō　zǒng tǐ　zǒngzhàng　zǒngjīng lǐ　zǒngjiān　zǒng wù
總的來說、總體、總賬、總經理、總監、總務、

zǒng ér yán zhī　zǒngtǒng　zǒngguǎn　zǒnggòng　zǒng shù　zǒng jié
總而言之、總統、總管、總共、總數、總結

6360_028

yì jiǎo tī lǎo bǎn 「一腳踢」老闆

táng gē dà xué bì yè hòu bù xiǎng zài jì xù shēn zào　yě bù xiǎng wèi rén
堂哥大學畢業後不想再繼續深造，也不想為人

dǎ gōng　tā liè jǔ le　dǎ gōng　de zhǒng zhǒng quē diǎn hòu xuān bù
「打工」。他列舉了「打工」的種種缺點後宣布：

zǒng de lai shuō　yǔ qí zuò gāo xīn　dǎ gōng zǎi　bù rú zì jǐ zuò lǎo
總的來說，與其做高薪「打工仔」，不如自己做老

bǎn
闆。

tā zì xiǎo xǐ huan zì jǐ qì mó xíng　tā jué de bǎ hěn duō líng jiàn
他自小喜歡自己砌模型，他覺得把很多零件

zǔ zhuāng chéng yí ge zǒng tǐ　hěn yǒu chéng jiù gǎn
組裝成一個總體①很有成就感。

suǒ yǐ tā jiù kāi le yì jiā mó xíng diàn
所以他就開了一家模型店。

tā xiàng fù mǔ dài kuǎn　xiě le jiè tiáo shuō sān
他向父母貸款，寫了借條說三

nián hòu yí dìng lián běn dài xī suàn zǒng zhàng guī huán
年後一定連本帶息算總賬歸還。

tā jì shì shāng diàn de zǒng jīng lǐ　yòu shì zǒng
他既是商店的總經理，又是總

jiān　zǒng wù　sī kù　chū nà hé yíng yè yuán
監、總務②、司庫、出納和營業員

借據

我會接龍

huì zǒng　zǒng kuò　kuò hú　hú dù　dù jià cūn
匯總 → 總括 → 括弧 → 弧度 → 度假村 →

……總而言之③，他是這個小王國的大總統和總管，什麼都做，我們都叫他是「一腳踢」老闆。

別小看這位初出茅廬的小老闆，一年下來，他總共賺了八萬元；三年後他盈利的總數是三十萬元，不僅還清了貸款，還擴展了業務。他總結自己的經驗說：年輕人的前途是闖出來的！

注：
① **總體**：整體。
② **總務**：機關學校等單位中的行政雜務，以及負責做這些事的人。
③ **總而言之**：總括起來說，總之。

語文遊戲

選詞填空

總帳　　總體　　總經理　　總之　　總數

就（　　　　）來說，這位會計的（　　　　）是做得很好的，每個專案記得清楚，（　　　　）也對，（　　　　）看了很滿意。（　　　　），我們會繼續聘用他的。

村落 → 落花流水 → 水溶洞 → 洞穴 → 穴位

shēng dōng jī xī　　shēng chēng　　shēng yù　　bù shēng bù xiǎng
聲 東 擊 西、 聲 稱、 聲 譽、 不 聲 不 響、

shēng lèi jù xià　　bú dòng shēng sè　　shēng shì hào dà
聲 淚 俱 下、 不 動 聲 色、 聲 勢 浩 大、

shēng dōng jī xī　　xū zhāng shēng shì
聲 東 擊 西、 虛 張 聲 勢

6360_029

shēng　　dōng　　jī　　xī
聲 東 擊 西①

dōng hàn chū　　cén dà jiāng jūn dài lǐng sān wàn bīng mǎ xiàng nán gōng dǎ qín
東 漢 初， 岑 大 將 軍 帶 領 三 萬 兵 馬 向 南 攻 打 秦

fēng　　shēng chēng yì zhōu nèi bì dìng kǎi xuán ér guī
豐， 聲 稱 一 周 內 必 定 凱 旋 而 歸。

qín fēng shǒu xià xiǎng yǒu shēng yù de cài jiāng jūn sǐ mìng dǐ kàng　　shuāng fāng
秦 豐 手 下 享 有 聲 譽 的 蔡 將 軍 死 命 抵 抗， 雙 方

jī zhàn shù yuè bú jiàn shèng fù　　cén jiāng jūn de shēng yù dà shòu yǐng xiǎng　　tā jiù
激 戰 數 月 不 見 勝 負， 岑 將 軍 的 聲 譽 大 受 影 響， 他 就

xiǎng chū le yì tiáo jì cè
想 出 了 一 條 計 策。

cén jiāng jūn shēng chēng míng tiān yào pài bīng xiàng xī
岑 將 軍 聲 稱 明 天 要 派 兵 向 西

gōng dǎ shān dū　　bìng qiě bù shēng bù xiǎng de fàng zǒu le
攻 打 山 都， 並 且 不 聲 不 響 地 放 走 了

zhuā dào de fú lǔ　　fú lǔ huí dào cài
抓 到 的 俘 虜。 俘 虜 回 到 蔡

jiāng jūn nà li　　shēng lèi jù xià de
將 軍 那 裏， 聲 淚 俱 下②地

kū sù zài cén bù duì shòu dào de nüè
哭 訴 在 岑 部 隊 受 到 的 虐

dài　　bìng bào gào le cén jūn yào xī gōng
待， 並 報 告 了 岑 軍 要 西 攻

我會接龍

yǔ shēng　　shēng míng què qǐ　　qǐ yīn　　yīn guǒ　　guǒ rán
雨 聲 → 聲 名 鵲 起 → 起 因 → 因 果 → 果 然

^{de xiāo xi} ^{cài jiāng jūn jiù pài dà jūn qù xī fāng fáng bèi}
的消息。蔡將軍就派大軍去西方防備。

　　^{shéi zhī cén jiāng jūn què} ^{bú dòng shēng sè} ^{de qiāo qiāo dōng jìn} ^{xí jī le}
誰知岑將軍卻不動聲色地悄悄東進，襲擊了

^{qín fēng de liǎng dì} ^{zhí dǎo qín fēng cháo xué} ^{qín fēng huāng máng diào guò tóu lai yíng}
秦豐的兩地，直搗秦豐巢穴。秦豐慌忙掉過頭來迎

^{dí} ^{dàn shēng shì hào dà} ^{de cén jūn zǎo jiù yán zhèn yǐ dài} ^{dà pò qín fēng jūn}
敵，但聲勢浩大③的岑軍早就嚴陣以待，大破秦豐軍。

　　^{shēng dōng jī xī} ^{shì yì zhǒng chū qí zhì shèng de zuò zhàn jì móu} ^{cóng}
「聲東擊西」是一種出奇制勝的作戰計謀。從

^{cǐ} ^{zhè jù chéng yǔ jiù yòng lái bǐ yù} ^{xū zhāng shēng shì} ^{yǐ zhuǎn yí duì fāng}
此，這句成語就用來比喻虛張聲勢④，以轉移對方

^{de zhù yì lì}
的注意力。

注：

① **聲東擊西**：為了迷惑敵人，表面上宣揚要攻打這一邊，其實是攻打另一邊。

② **聲淚俱下**：邊訴說，邊哭泣。形容極其悲慟。

③ **聲勢浩大**：聲威和氣勢都很大。

④ **虛張聲勢**：假裝出強大的氣勢。

 語文遊戲

為成語填空

a. 不（　　）不（　　）　　　　b. 聲淚（　　）（　　）

c. 不動（　　）（　　）　　　　d. （　　）（　　）浩大

e. （　　）（　　）擊西　　　　f. （　　）（　　）聲勢

g. （　　）（　　）狼藉　　　　h. 聲情（　　）（　　）

^{rán hòu}　　　^{hòu lái}　　^{lái rì fāng cháng}　　　^{cháng fāng xíng}
→ 然 後 → 後 來 → 來 日 方 長 → 長 方 形

jiǎng
講 —
shí qī huà
（十七畫）

jiǎng shī　jiǎng gǔ　jiǎng kè　jiǎng tái　jiǎng gǎo　jiǎng yì　jiǎng shù
講師、講古、講課、講台、講稿、講義、講述、

jiǎng xué　jiǎng zuò　jiǎng píng　jiǎng gù shi
講學、講座、講評、講故事

6360_030

好老師爺爺

爺爺今年從大學講師的職位上退下來了，但是仍有很多學生經常來我家探望他。為什麼呢？因為爺爺是一位好老師。

學生們來到後，常常圍坐在爺爺身旁聽他講古①。爺爺說古道今，有一肚子的有趣事。

學生們說，在學校裏聽爺爺講課是一件開心的事。只要他一站到講台上，全課室就馬上安靜下來。

爺爺教歷史，他不用講稿，不發講義，中外幾千年史事都在他腦中徐徐道來，講述清晰，語言生動，學生們聽得都很入迷。爺爺講學②就有這樣的本領。

爺爺退休後，還常常應邀去出席一些講座，為

我會接龍

biǎo yǎn　　yǎn jiǎng　　jiǎng qiú　　qiú qíng　　qíng yǒu kě yuán
表演 → 演講 → 講求 → 求情 → 情有可原

tīng zhòng jiǎng píng yì xiē lì shǐ shì jiàn tuī guǎng lì shǐ zhī shi
聽 眾 講 評③一些歷史事件，推 廣 歷史知識。

tā zài jiā yě cháng cháng gěi
他在家也常 常 給

wǒ jiǎng gù shi de wǒ yǒu yí wèi
我講故事的。我有一位

hǎo yé ye hǎo lǎo shī
好爺爺好老師。

注：
① 講古：講述過去的傳説、故事。
② 講學：公開講述自己的學術理論。
③ 講評：講述和評論。

語文遊戲

1. 尋找近義詞並連線。

講評　　講法　　講解　　講究　　講情

評論　　求情　　講求　　説法　　解釋

2. 請你改錯並寫在下面的橫線上。

大學講帥　　　走上講抬　　　舉辦講坐

_____

yuán liàng liàng bì bì rán rán hòu
→ 原 諒 → 諒 必 → 必 然 → 然 後

shí xiān cài　xiǎn wéi rén zhī　xiān yú　xiānlíng　hǎi xiān　xiān nèn
時鮮菜、鮮為人知、鮮魚、鮮靈、海鮮、鮮嫩、

xiān měi　xīn xiān　cháng xiān
鮮美、新鮮、嘗鮮

6360_031

qù　xī　gòng　chī　hǎi　xiān
去西貢吃海鮮

qiū fēng qǐ　　tiān qì zhuǎn liáng　　bà ba shuō　　zhè shì xiā xiè shàng shì
秋風起，天氣轉涼。爸爸説：「這是蝦蟹上市

de jì jié　　wǒ men qù xī gòng chī diǎn shí xiān cài　ba
的季節，我們去西貢吃點時鮮菜①吧！」

bà ba lǎo mǎ shí tú　　dài wǒ men qù dào yì tiáo bú nà me rè nao de jiē
爸爸老馬識途，帶我們去到一條不那麼熱鬧的街

shang　zhǐ zhe yì jiān jiǔ lóu shuō　　zhè jiā jiǔ lóu dì chù piān pì　xiǎn wéi rén
上，指着一間酒樓説：「這家酒樓地處偏僻，鮮為人

zhī　　kě shì shí pǐn jià lián
知②，可是食品價廉

wù měi　bǎo zhèng ràng nǐ men
物美，保證讓你們

mǎn yì
滿意。」

jiǔ lóu ménqián de dà shuǐ
酒樓門前的大水

chí li hěn duō xiān yú zài yōu yóu
池裏很多鮮魚在悠遊

chàng yóu　hái yǒu hěn duō xiān
暢游，還有很多鮮

líng　huó po de dà xiǎo xiā lèi　　kàn de wǒ yǎn huā liáo luàn
靈③活潑的大小蝦類，看得我眼花繚亂。

我會接龍

xīn xiān　　xiān líng　　líng huó　　huó líng huó xiàn
新鮮 → 鮮靈 → 靈活 → 活靈活現

爸爸點了魚、蝦、蟹、蚌，他說這些都是鮮貨，
每樣都嘗嘗。

果然，這些海鮮上桌後，吃得我們讚不絕口。肉
質鮮嫩，味道鮮美，吃得婆婆連聲讚好，用家鄉話
說：「這麼新鮮的海貨難得遇到，鮮得我的眉毛也要
掉光了！」

爸爸說：「只要您喜歡，我們年年來此嘗鮮④！」

注：
① **時鮮菜**：少量上市的、應時的、新鮮蔬菜、魚蝦等。
② **鮮為人知**：很少人知道的。
③ **鮮靈**：形容色澤鮮明，有生氣的樣子，新鮮水靈。
④ **嘗鮮**：吃應時的、新鮮美味的食品。

語文遊戲

「鮮」可以和哪些字連成詞，請圈出來。

鮮

明／亮　　貨／物　　美／貌　　看／見　　有／無

→ 現身說法 → 法規 → 規矩 → 矩形

jiǎn
簡—
shíbāhuà
（十八畫）

jiǎn tǐ zì　　jiǎn bǐ zì　　jiǎn huà　　jiǎn dān　　jiǎn lòu　　jiǎn yì
簡體字、簡筆字、簡化、簡單、簡陋、簡易、

jiǎn jié　　jiǎn bǐ　　jiǎn míng è yào　　jiǎn biàn kuài jié
簡潔、簡筆、簡明扼要、簡便快捷

6360_032

fán　jiǎn　zhī　zhēng
繁簡之爭

ā zhēn suí fù mǔ huí nèi dì tàn qīn
阿珍隨父母回內地探親。

tā wèn bà ba　　　zěn me shāng diàn de zhāo pái shang hǎo duō zì wǒ dōu bú
她問爸爸：「怎麼商店的招牌上好多字我都不

rèn shi de
認識的？」

bà ba huí dá shuō　　　　duì　　nèi dì yòng de shì jiǎn tǐ zì　　yě jiào jiǎn
爸爸回答說：「對，內地用的是簡體字，也叫簡

bǐ zì　　xiāng gǎng yòng de shì fán tǐ zì
筆字。香港用的是繁體字。」

wèi shén me yòng jiǎn tǐ zì ne　　　ā zhēn wèn
「為什麼用簡體字呢？」阿珍問。

yí ge zì de bǐ huà jīng jiǎn huà hòu biàn de bǐ jiào jiǎn dān　　fāng biàn shū
「一個字的筆畫經簡化後變得比較簡單，方便書

xiě hé tuī guǎng　　xiàn zài nèi dì hé xīn jiā pō dōu bǎ tā zuò wéi guān fāng wén zì biāo
寫和推廣。現在內地和新加坡都把它作為官方文字標

zhǔn
準。」

mā ma chā zuǐ shuō　　　kě shì　　yǒu hěn duō rén shuō zhè xiē jiǎn tǐ zì hěn
媽媽插嘴說：「可是，有很多人說這些簡體字很

jiǎn lòu　　shī diào le hàn zì de měi　　hǎo bǐ　ài　zì jiǎn huà hòu méi yǒu
簡陋①，失掉了漢字的美。好比『愛』字簡化後沒有

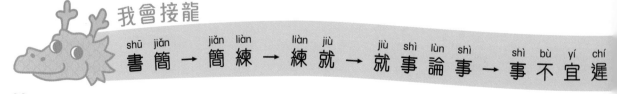

我會接龍

shū jiǎn　　　jiǎn liàn　　　liàn jiù　　　jiù shì lùn shì　　　shì bù yí chí
書簡 → 簡練 → 練就 → 就事論事 → 事不宜遲

了心，愛能沒有心嗎？工廠的『廠』字簡化後成了『厂』裏面空空如也，還能叫工廠嗎？」

爸爸說：「但是我覺得有些字變得簡易了、簡潔了，而且有意思。好比『體』是寫成『体』，是『人之本』，古代就有這簡筆俗字，看起來簡明扼要②，寫起來簡便快捷③，這就很好啊。」

體育用品商店

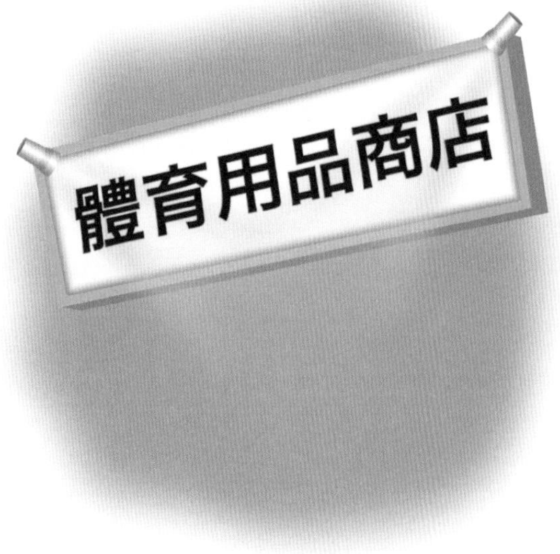

注：
① **簡陋**：簡單粗陋，不完備。
② **簡明扼要**：簡單明白，抓住要點。
③ **簡便快捷**：簡單方便又快速。

語文遊戲

尋找反義詞並連線。

簡陋	簡單	簡裝	簡稱	簡樸

複雜	華美	全稱	精裝	奢華

→ 遲疑 → 疑問 → 問題 → 題目 → 目標

zhuǎn
轉 —
shíbāhuà
（十八畫）

zhuǎn dòng　zhuǎn huàn　zhuǎn kǒu　zhuàn quān　zhuǎn wān mò jiǎo
轉動、轉換、轉口、轉圈、轉彎抹角、

yì zhuǎn yǎn　zhuǎn shēn　zhuǎn wēi wéi ān　zhuàn dòng zì rú
一轉眼、轉身、轉危為安、轉動自如

6360_033

日本機器人

阿珍的叔叔率領一個科技代表團去日本開會，回港後播放了一段錄影給阿珍看，說：「來看看日本最新發明的機器人！」

影片中的機器人好像一個八九歲的孩子這麼高，全身潔白。只見他的雙眼會轉動，開口說日文，一撥開關，就轉換到中文頻道，他轉口用普通話向客人問好。他能做很多家務事：先用吸塵機吸塵，在室內不停轉圈，轉彎抹角①地把地板打掃得乾乾淨淨；一轉眼②，他又去廚房忙碌：放上水壺煮水，

我會接龍

hǎo zhuǎn　　zhuǎn ràng　　ràng bù　　bù fá　　fá mù　　mù cái
好轉 → 轉讓 → 讓步 → 步伐 → 伐木 → 木材

70

<ruby>轉<rt>zhuǎn</rt></ruby><ruby>身<rt>shēn</rt></ruby>去<ruby>冰<rt>bīng</rt></ruby><ruby>箱<rt>xiāng</rt></ruby>取<ruby>食<rt>shí</rt></ruby><ruby>品<rt>pǐn</rt></ruby>；他<ruby>會<rt>huì</rt></ruby>用<ruby>微<rt>wēi</rt></ruby><ruby>波<rt>bō</rt></ruby><ruby>爐<rt>lú</rt></ruby>和<ruby>烤<rt>kǎo</rt></ruby><ruby>箱<rt>xiāng</rt></ruby>。<ruby>日<rt>rì</rt></ruby><ruby>本<rt>běn</rt></ruby><ruby>職<rt>zhí</rt></ruby><ruby>員<rt>yuán</rt></ruby><ruby>故<rt>gù</rt></ruby><ruby>意<rt>yì</rt></ruby>把一<ruby>個<rt>ge</rt></ruby><ruby>玻<rt>bō</rt></ruby><ruby>璃<rt>li</rt></ruby><ruby>杯<rt>bēi</rt></ruby><ruby>在<rt>zài</rt></ruby>他<ruby>面<rt>miàn</rt></ruby><ruby>前<rt>qián</rt></ruby><ruby>扔<rt>rēng</rt></ruby><ruby>上<rt>shàng</rt></ruby><ruby>半<rt>bàn</rt></ruby><ruby>空<rt>kōng</rt></ruby>，<ruby>杯<rt>bēi</rt></ruby><ruby>子<rt>zi</rt></ruby><ruby>往<rt>wǎng</rt></ruby><ruby>下<rt>xià</rt></ruby><ruby>掉<rt>diào</rt></ruby><ruby>時<rt>shí</rt></ruby><ruby>被<rt>bèi</rt></ruby><ruby>機<rt>jī</rt></ruby><ruby>器<rt>qì</rt></ruby><ruby>人<rt>rén</rt></ruby>一<ruby>手<rt>shǒu</rt></ruby><ruby>接<rt>jiē</rt></ruby><ruby>住<rt>zhù</rt></ruby>，<ruby>轉<rt>zhuǎn</rt></ruby><ruby>危<rt>wēi</rt></ruby><ruby>為<rt>wéi</rt></ruby><ruby>安<rt>ān</rt></ruby>③，<ruby>沒<rt>méi</rt></ruby><ruby>有<rt>yǒu</rt></ruby><ruby>掉<rt>diào</rt></ruby><ruby>地<rt>dì</rt></ruby><ruby>打<rt>dǎ</rt></ruby><ruby>破<rt>pò</rt></ruby>。

<ruby>總<rt>zǒng</rt></ruby><ruby>之<rt>zhī</rt></ruby>，<ruby>這<rt>zhè</rt></ruby><ruby>個<rt>ge</rt></ruby><ruby>矮<rt>ǎi</rt></ruby><ruby>小<rt>xiǎo</rt></ruby><ruby>靈<rt>líng</rt></ruby><ruby>巧<rt>qiǎo</rt></ruby><ruby>的<rt>de</rt></ruby><ruby>機<rt>jī</rt></ruby><ruby>器<rt>qì</rt></ruby><ruby>人<rt>rén</rt></ruby><ruby>能<rt>néng</rt></ruby><ruby>轉<rt>zhuàn</rt></ruby><ruby>動<rt>dòng</rt></ruby><ruby>自<rt>zì</rt></ruby><ruby>如<rt>rú</rt></ruby>④，<ruby>手<rt>shǒu</rt></ruby><ruby>腳<rt>jiǎo</rt></ruby><ruby>靈<rt>líng</rt></ruby><ruby>活<rt>huó</rt></ruby>，<ruby>看<rt>kàn</rt></ruby><ruby>上<rt>shàng</rt></ruby><ruby>去<rt>qu</rt></ruby><ruby>像<rt>xiàng</rt></ruby><ruby>真<rt>zhēn</rt></ruby><ruby>人<rt>rén</rt></ruby>一<ruby>般<rt>bān</rt></ruby>。<ruby>阿<rt>ā</rt></ruby><ruby>珍<rt>zhēn</rt></ruby>一<ruby>家<rt>jiā</rt></ruby><ruby>看<rt>kàn</rt></ruby><ruby>得<rt>de</rt></ruby><ruby>嘖<rt>zé</rt></ruby><ruby>嘖<rt>zé</rt></ruby><ruby>稱<rt>chēng</rt></ruby><ruby>奇<rt>qí</rt></ruby>。

注：

① **轉彎抹角**：沿着彎彎曲曲的路走。

② **一轉眼**：形容極短的時間。

③ **轉危為安**：從危急轉為平安。

④ **轉動自如**：身體或物體的某部分自由活動。

語文遊戲

1. 「轉」可以和哪些字組成詞，請圈出來。

轉

動／作　口／角　健／身　變／化　機／器　告／訴

2. 你會讀嗎？試着讀讀看。

　　他迷路了，在附近左轉右拐，轉了好幾個圈，搞得他暈頭轉向，後來乘車轉了兩次車，才找到你家。

→ <ruby>材<rt>cái</rt></ruby><ruby>料<rt>liào</rt></ruby> → <ruby>料<rt>liào</rt></ruby><ruby>理<rt>lǐ</rt></ruby> → <ruby>理<rt>lǐ</rt></ruby><ruby>論<rt>lùn</rt></ruby> → <ruby>論<rt>lùn</rt></ruby><ruby>調<rt>diào</rt></ruby> → <ruby>調<rt>diào</rt></ruby><ruby>查<rt>chá</rt></ruby>

guān
關 ─
shíjiǔ huà
（十九畫）

guān ài　　guān zhù　　guān jié　　guān zhào　　guān xīn　　nán guān
關愛、關注、關節、關照、關心、難關、

guān xì　　guān huái
關係、關懷

6360_034

xiāng cūn hǎo jiào shī
鄉村好教師

wǒ zài diàn shì jié mù zhōng kàn dào nèi dì jǐ wèi xiāng cūn hǎo jiào shī de shì
我在電視節目中看到內地幾位鄉村好教師的事

jì
跡。

tā men dōu zài pín kùn de shān qū xiǎo xué gōng zuò　　xiào shè jiǎn lòu　　gōng zī
他們都在貧困的山區小學工作，校舍簡陋，工資

hěn dī　　kě shì tā men dōu yǒu yì kē ài xīn　　duì xué sheng shí fēn guān ài
很低，可是他們都有一顆愛心，對學生十分關愛①，

guān zhù　　tā men de shēn xīn jiàn kāng　　bú jì bào chóu quán xīn quán yì wèi xué sheng
關注②他們的身心健康，不計報酬全心全意為學生

fú wù
服務。

yǒu yí wèi lǎo shī měi tiān zài yì
有一位老師每天在一

tiáo dà hé biān bèi tuó shí jǐ ge hái zi
條大河邊背馱十幾個孩子

guò hé shàng xué hé fàng xué　　shí jǐ
過河上學和放學，十幾

nián xià lai tā de guān jié　　dōu fā yán
年下來他的關節③都發炎

zhǒng zhàng le　　hái shi jiān chí zhè yàng
腫脹了，還是堅持這樣

我會接龍

kāi guān　　　　guān zhù　　　　zhù shì　　　　shì ér bú jiàn　　　　jiàn rén jiàn zhì
開關 → 關注 → 注視 → 視而不見 → 見仁見智

guān zhào hái zi
關照孩子。

lǎo shī hái hěn guān xīn xué sheng de jiā tíng　　yǒu ge hái zi de fù qīn dé le
老師還很關心學生的家庭。有個孩子的父親得了

jí bìng　　lǎo shī sòng tā qù yī yuàn　　wèi tā diàn fù zhù yuàn zhì liáo fèi　　bǎ hái
急病，老師送他去醫院，為他墊付住院治療費，把孩

zi jiē dào zì jǐ jiā zhōng zhào gù　　bāng tā men quán jiā dù guò nán guān
子接到自己家中照顧，幫他們全家度過難關④。

zhè xiē lǎo shī yǔ hái zi de guān xì bù jǐn jǐn shì shī shēng　　hái shi péng
這些老師與孩子的關係不僅僅是師生，還是朋

you hé qīn rén　　tā men hù xiāng guān huái hù xiāng bāng zhù　　lǎo shī cháng cháng wèi
友和親人。他們互相關懷互相幫助：老師常常為

xué sheng zhī fù xué fèi hé shū bù fèi　　dōng tiān　　hái zi men zhǔ dòng shàng shān kǎn
學生支付學費和書簿費；冬天，孩子們主動上山砍

chái sòng gěi lǎo shī shēng huǒ qǔ nuǎn
柴送給老師生火取暖……

zhè xiē dòng rén de shì jì kàn de wǒ rè lèi yíng kuàng
這些動人的事跡看得我熱淚盈眶。

注：

① **關愛**：關懷愛護。

② **關注**：關心重視。

③ **關節**：骨頭互相連接的地方。

④ **難關**：難通過的關口，比喻不易克服的困難。

尋找近義詞並連線。

關心　　關涉　　關口　　關乎　　關照

關於　　牽涉　　關注　　關卡　　照顧

zhì lì cè yàn　　yàn shōu　　shōu hù bù qiǎn
→ 智力測驗 → 驗收 → 收穫不淺

nán
難 ——
shíjiǔhuà
（十九畫）

nánnéng kě guì　dà nàn lín tóu　zāo nàn　bì nàn　nàn mín
難能可貴、大難臨頭、遭難、避難、難民、

nán yǐ zhì xìn　táo nàn　nán áo　nánshòu　zāi nàn
難以置信、逃難、難熬、難受、災難

6360_035

xiǎo zhèn zāi nàn
小鎮災難

zhè li běn lái shì yí ge hé píng de xiǎo zhèn　huí jiào tú hé jī dū jiào tú hé
這裏本來是一個和平的小鎮，回教徒和基督教徒和

xié xiāng chǔ　zhēn shì nán néng kě guì
諧相處，真是難能可貴①。

kě shì　tū rán yǒu yì tiān dà nàn lín tóu　yì qún zōng jiào jī jìn fèn
可是，突然有一天大難臨頭②：一羣宗教激進分

zi shā rù xiǎo zhèn　xuān chēng zì jǐ shì shèng zhàn fèn zǐ　yào bǎ yì jiào tú gǎn
子殺入小鎮，宣稱自己是聖戰分子，要把異教徒趕

jìn shā jué　tā men shāo shā qiǎng
盡殺絕。他們燒殺搶

lüè　zhèn mín zāo nàn　bèi tā
掠，鎮民遭難。被他

men chēng wéi yì jiào tú de zhèn mín
們稱為異教徒的鎮民

jiù fēn fēn wài chū bì nàn　bèi pò
就紛紛外出避難，被迫

lí kāi gù xiāng　chéng wéi wú jiā
離開故鄉，成為無家

kě guī de nàn mín
可歸的難民。

lái bu jí lí kāi de zhèn mín
來不及離開的鎮民

我會接龍

zé nàn　nàn mín　mín zhòng　zhòng rén shí chái huo yàn gāo
責難 → 難民 → 民眾 → 眾人拾柴火焰高

被暴徒圍在一起集體殺害。本來平靜的小鎮如今雞飛狗跳，血流成河，真是令人難以置信③！

逃難④的日子真難熬，他們風餐露宿，缺水少糧，白天烈日當空更加難熬，心中的痛楚更是令人難受。

唉，這場人為的大災難什麼時候才能結束啊！

注：
① **難能可貴**：難做的事居然能做到，值得寶貴。
② **大難臨頭**：巨大的災難降臨。
③ **難以置信**：事情太離奇，令人不能相信。
④ **逃難**：為躲避災難而逃往別處。

語文遊戲

為成語配對並連線。

難以	臨頭
難能	難解
大難	置信
難分	可貴

→ 高高在上 → 上海 → 海上 → 上行下效

yán
嚴一
èr shí huà
（二十畫）

yán sù　yán chéng　yán bàn　yán lì　yán gé　yán jiā guǎn shù
嚴肅、嚴懲、嚴辦、嚴屬、嚴格、嚴加管束、

yán shī chū gāo tú　yán shǒu　yán míng　wēi yán
嚴師出高徒、嚴守、嚴明、威嚴

6360_036

yán shī chū gāo tú
嚴師出高徒

ā　dé fàng xué huí jiā xiàng bà ba sù kǔ
阿德放學回家向爸爸訴苦：「我們的中文老師太

wǒ men de zhōng wén lǎo shī tài
我們的中文老師太

xiōng le　píng rì yì liǎn yán sù
兇了，平日一臉嚴肅①，不見笑容；我們的作業寫錯一

bú jiàn xiào róng　wǒ men de zuò yè xiě cuò yí
不見笑容；我們的作業寫錯一

ge zì　jiù yào yán chéng　fá wǒ men yí ge
個字，就要嚴懲，罰我們一個

zì yào xiě shí cì　shéi zài kè táng shang shuō
字要寫十次；誰在課堂上說

qiāo qiāo huà　bèi tā tīng jiàn le　jiù yào yán
悄悄話，被她聽見了，就要嚴

bàn　jìng yào wǒ men quán bān bǎ xué sheng shǒu zé chāo
辦，竟要我們全班把學生守則抄

xiě shí biàn　tiān na　nǎ li jiàn guò zhè yàng yán lì de lǎo
寫十遍！天哪，哪裏見過這樣嚴屬的老

shī
師！」

bà ba xiào zhe shuō　lǎo shī duì xué sheng yán gé　zhè shì hào shì
爸爸笑着說：「老師對學生嚴格，這是好事。

nǐ zhī dào ma　gǔ shí hou xué sheng jiǎ rú bèi bu chū shū　lǎo shī hái yào dǎ shǒu
你知道嗎，古時候學生假如背不出書，老師還要打手

xīn　lā ěr duo lái chéng fá ne
心、拉耳朵來懲罰呢。」

我會接龍

zhuāng yán　yán jǐn　jǐn shèn　shèn zhòng　zhòng yào
莊嚴 → 嚴謹 → 謹慎 → 慎重 → 重要

ā dé rǎng dào　　　　zhè shì tǐ fá　　bù yǔn xǔ de
阿德嚷道：「這是體罰，不允許的！」

　　shì a　　bù néng tǐ fá　　zhè yǐng xiǎng xué sheng de shēn xīn jiàn kāng
「是啊，不能體罰，這影響學生的身心健康。

dàn shì lǎo shī duì xué sheng yán jiā guǎn shù shì bì yào de　　nǐ méi tīng shuō guò
但是老師對學生嚴加管束是必要的，你沒聽說過

ma　　yán shī chū gāo tú②　　ne　　xué sheng běn yīng gāi yán shǒu xiào guī　　rèn
嗎：『嚴師出高徒②』呢！學生本應該嚴守校規、認

zhēn xué xí　　jiǎ rú lǎo shī shàng kè shí bù yán míng jì lǜ　　bù wéi hù lǎo shī de wēi
真學習，假如老師上課時不嚴明紀律、不維護老師的威

yán③　　nǐ men de xué xí zěn néng shùn lì jìn xíng ne
嚴③，你們的學習怎能順利進行呢？」

注：
① **嚴肅**：神情、氣氛等使人感到敬畏。
② **嚴師出高徒**：要求嚴格的老師才能培養出優秀的學生。
③ **威嚴**：威風和尊嚴。

語文遊戲

選詞填空

　　　嚴辦　　戒嚴　　嚴禁　　嚴峻　　嚴加管束

　　敵佔時期，晚上常常（　　　　），（　　　　）人們
外出活動，如果抓到愛國青年，就加以（　　　　）。當
時的形勢十分（　　　　），家長都對子女（　　　　），
生怕他們遭遇不測。

yāo qiú　　qiú qǔ　　　qǔ dé　　　dé shī　　shī bài
→ 要 求 → 求 取 → 取 得 → 得 失 → 失 敗

biàn
變——
èrshísānhuà
（二十三畫）

biàn sè lóng　biàn chéng　biàn gù　biàn huàn　biàn huà　biàn sè
變色龍、變成、變故、變換、變化、變色、

gǎi biàn　biàn huà duō duān　biàn xīn　biàn guà　biàn yàng　biàn tài
改變、變化多端、變心、變卦、變樣、變態

6360_037

yǒu qù de biàn sè lóng
有趣的變色龍①

zōng huáng sè de biàn sè lóng
棕黃色的變色龍

ā huáng pā zài shù gàn shàng　děng dāi
阿黃趴在樹幹上，等待

zhe shén me
着什麼……

tā kàn jiàn yì tiáo máo chóng
他看見一條毛蟲

zhèng zài nèn lù de yì gēn xīn shù zhī
正在嫩綠的一根新樹枝

shang yǎo jiáo zhe nèn yá　biàn yì niǔ
上咬嚼着嫩芽，便一扭

shēn tǐ　biàn chéng le yǔ shù zhī tóng yàng de lù sè　qiāo qiāo xiàng máo chóng pá
身體，變成了與樹枝同樣的綠色，悄悄向毛蟲爬

qu　máochóng sī háo méi yǒu jué chá dào biàn gù　jí jiāng fā shēng　hái zài ān jìng
去。毛蟲絲毫沒有覺察到變故②即將發生，還在安靜

de chī zhe　ā huáng shēn chū cháng cháng de shé jiān　bǎ máo chóng yì kǒu tūn xià
地吃着。阿黃伸出長長的舌尖，把毛蟲一口吞下

dù
肚。

yō　tǐ tài yōu měi de cí xìng tóng lèi ā hóng zài duì miàn shài tài yáng
喲，體態優美的雌性同類阿紅在對面曬太陽，

我會接龍

zhì biàn　biàn zhì　zhì wèn　wèn cháng wèn duǎn
質變 → 變質 → 質問 → 問長問短

78

可是她身旁竟是阿黃的死敵阿藍。憤怒的阿黃變換了爬行的方向，向阿紅迅速奔去。他的體色正在變化成絢麗的彩色，臨到阿紅身邊時，阿黃不僅變色了，還改變了自己的姿態，把長尾巴纏在樹幹上，跳起了變化多端③的求偶舞，看得阿紅心花怒放，立刻變心，迎向阿黃。阿藍想不到好事變卦④，氣得臉都變樣了，大罵「真是變態！」

注：

① **變色龍**：一種脊椎動物，表皮下有多種色素塊，能隨時變成不同的保護色。

② **變故**：意外發生的事情、災難。

③ **變化多端**：事物在形態上或本質上多次產生了新的狀況。

④ **變卦**：已定的事忽然改變。

語文遊戲

「變」可以和哪些字組成詞，請圈出來。

變

成／功　　心／愛　　節／日　　買／賣　　形／狀　　革／命

→ 短小精悍 → 悍勇好鬥 → 鬥爭 → 爭鬥

jīng
驚 —
èrshísānhuà
（二十三畫）

jīng rén　　jīng huáng　　jīng gōng zhī niǎo　　jīng huāng shī cuò　　jīng yà
驚人、驚惶、驚弓之鳥、驚慌失措、驚訝、

jīng tàn　　jīng kǒng wàn zhuàng　　jīng huāng　　jīng xià　　jīng xīn dòng pò
驚歎、驚恐萬狀 、驚慌、驚嚇、驚心動魄

6360_038

yòu shǔ qí fēi zhuó mù niǎo
鼬鼠騎飛啄木鳥

jīn tiān lín zhōng fā shēng le yí jiàn jīng rén de shì
今天林中發生了一件驚人的事。

yí wèi shè yǐng shī zhèng hé qī zi zài jiāo yě sàn bù　　hū rán tīng dào yì shēng
一位攝影師正和妻子在郊野散步，忽然聽到一聲

jīng huáng de jiào shēng　suí jí kàn jiàn yì zhī jīng gōng zhī niǎo　jīng huāng shī cuò de
驚惶的叫聲，隨即看見一隻驚弓之鳥①驚慌失措地

téng kōng fēi qǐ　dìng jīng yí kàn　yuán lái zhè shì yì zhī jiān zuǐ de zhuó mù niǎo
騰空飛起。定睛一看，原來這是一隻尖嘴的啄木鳥，

niǎo bèi shang pā zhe yì zhī huáng sè yòu shǔ　shè yǐng shī hěn jīng yà　gǎn kuài ná
鳥背上趴着一隻黃色鼬鼠。攝影師很驚訝，趕快拿

qǐ xiàng jī shè xià le zhè lìng rén jīng tàn de yí mù
起相機攝下了這令人驚歎的一幕。

shè yǐng shī gēn zhe niǎo fēi de fāng xiàng wǎng qián bēn pǎo　xiǎng kàn kan jiū jìng shì
攝影師跟着鳥飛的方向往前奔跑，想看看究竟是

zěn me yì huí shì　zhuó mù niǎo méi fēi duō yuǎn　jiù tíng zài cǎo dì shàng　yòng lì
怎麼一回事。啄木鳥沒飛多遠，就停在草地上，用力

bǎi dòng shēn tǐ　yòu shǔ cóng niǎo bèi shang diē luò xià lai　sì jiǎo cháo tiān　zhuó
擺動身體，鼬鼠從鳥背上跌落下來，四腳朝天。啄

mù niǎo jiù yòng jiān jiān de cháng zuǐ qù zhuó tā　yòu shǔ jīng kǒng wàn zhuàng　yí
木鳥就用尖尖的長嘴去啄牠，鼬鼠驚恐萬狀②，一

ge fān shēn zhàn le qǐ lai　jīng huāng de zhuǎn shēn táo pǎo le
個翻身站了起來，驚慌地轉身逃跑了。

我會接龍

dà chī yì jīng　　jīng kǒng wàn zhuàng　　zhuàng tài qiàn jiā　　jiā zuò
大吃一驚 → 驚恐萬狀 → 狀態欠佳 → 佳作

yuán lái　　　　qǐ chū shì yòu shǔ xiǎng gōng jī zhuó mù niǎo　　niǎo ér shòu dào jīng xià

原來，起初是鼬鼠想 攻擊啄木鳥，鳥兒受到驚嚇

fēi qǐ　　　yòu shǔ jǐn zhuā bú fàng　　jiù suí zhe fēi xíng　　zuì zhōng zhuó mù niǎo yǒng gǎn de

飛起，鼬鼠緊抓不放，就隨着飛行，最終 啄木鳥勇敢地

bǎi tuō le yòu shǔ　　zhè zhēn shì jīng xīn

擺脫了鼬鼠。這真是驚心

dòng pò　　de yì chǎng bó dòu

動魄③的一場 搏鬥。

注：

① **驚弓之鳥**： 被弓箭嚇怕了的鳥。比喻受過驚恐見到一點動靜就特別害怕的人。

② **驚恐萬狀**： 萬分驚慌恐懼。

③ **驚心動魄**： 形容使人感受很深，震動很大。

 語文遊戲

成語填空

a. 驚心（　　）（　　）　　b. 驚弓（　　）（　　）

c. 驚慌（　　）（　　）　　d. 驚（　　）（　　）浪

e. （　　）（　　）動地　　f. （　　）（　　）交集

g. （　　）戰（　　）驚　　h. 打（　　）（　　）蛇

zuò jiǎn zì fù　　fù jī zhī lì　　　　lì suǒ néng jí

→ 作繭自縛 → 縛雞之力 → 力所能及

tǐ yù　tǐ gé jiàn zhuàng　tǐ cāo　tǐ pò jiàn quán　tǐ zhì
體育、體格健壯、體操、體魄健全、體質、

tǐ ruò duō bìng　tǐ miàn　tǐ néng　shēn tǐ lì xíng　tǐ yù chǎng
體弱多病、體面、體能、身體力行、體育場、

wǔ tǐ tóu dì
五體投地

6360_039

wǒ men de tǐ yù lǎo shī
我們的體育老師

wǒ men xué xiào jiāo tǐ yù de lǐ lǎo shī rén jiàn rén ài　dà jiā dōu hěn xǐ
我們學校教體育的李老師人見人愛，大家都很喜

huan tā
歡他。

lǐ lǎo shī tǐ gé jiàn zhuàng tīng
李老師體格健壯，聽

shuō yǐ qián shì yí wèi hěn chū sè de tǐ
說以前是一位很出色的體

cāo yùn dòng yuán　yīn wèi jiǎo huái shòu le
操運動員，因為腳踝受了

shāng　zhǐ hǎo tuì xià dāng lǎo shī hé yè
傷，只好退下當老師和業

yú tǐ cāo duì de jiào liàn　tā wéi rén
餘體操隊的教練。他為人

yōu mò　jiào xué hěn yǒu bàn fǎ　néng qǐ
幽默，教學很有辦法，能啟

fā wǒ men de xué xí xìng qù　tā cháng duì wǒ men shuō　zhǐ yǒu tǐ pò jiàn quán
發我們的學習興趣。他常對我們說：只有體魄健全①

de rén　cái néng yǒu cōng míng de tóu nǎo　shēn tǐ jiàn kāng shì wàn shì zhī běn　yào
的人，才能有聰明的頭腦；身體健康是萬事之本，要

zhòng shì duàn liàn　tí gāo guó mín tǐ zhì　guó jiā cái néng qiáng shèng
重視鍛煉，提高國民體質②，國家才能強盛。

我會接龍

wù tǐ　　tǐ jī　　jī zhòng nán fǎn　　fǎn lǎo huán tóng
物體 → 體積 → 積重難返 → 返老還童

他還說，以前中國人體弱多病，被稱為「東亞病夫」，是很不體面的稱號。我們要提高自己的體能，為國爭光。

李老師身體力行③，天天在體育場上鍛煉一小時。他還是一位好吉他手，經常在晚會上表演。我們對他真是佩服得五體投地④。

注：
① **體魄健全**：體格和精力都健康完好。
② **體質**：人體的健康水準和對外界的適應能力。
③ **身體力行**：親身體驗，努力實行。
④ **五體投地**：兩手、兩膝和頭着地，是佛教最恭敬的禮節。比喻敬佩到了極點。

語文遊戲

成語連線

身體　　　　　　完膚
五體　　　　　　多病
體弱　　　　　　力行
不成　　　　　　體統
體無　　　　　　投地

→ 童顏鶴髮 → 髮型師 → 師道尊嚴

guān
觀 —
èrshíwǔ huà
（二十五畫）

lè guān　guān shǎng　guān guāng　zǒu mǎ guān huā　cān guān　guān chá
樂觀、觀賞、觀光、走馬觀花、參觀、觀察、

guān kàn　guān gǎn　guān wàng　qí guān　zuò jǐng guān
觀看、觀感、觀望、奇觀、坐井觀

6360_040
jǐng　dǐ　zhī　wā
井底之蛙

yì zhī qīng wā zhù zài yì kǒu kū jǐng li　　tā tiān xìng lè guān　duì zì jǐ
一隻青蛙住在一口枯井裏，他天性樂觀，對自己

de shēng huó hěn mǎn yì　　yě cháng cháng dāng zhòng chuī xū
的生活很滿意，也常常當眾吹噓。

yǒu yì tiān　　tā chī bǎo hē zú　dūn zài jǐng biān guān shǎng fēng jǐng
有一天，他吃飽喝足，蹲在井邊觀賞風景。

kàn jiàn yì zhī dà hǎi biē zài sàn bù　biàn jiào zhù le tā　　péng you　nǐ dào
看見一隻大海鱉在散步，便叫住了他：「朋友，你到

àn shàng lai guān guāng ma　nǐ zhè yàng zǒu mǎ guān huā de kàn shén me ya
岸上來觀光①嗎？你這樣走馬觀花②地看什麼呀？

guò lai cān guān yí xià wǒ de zhù suǒ ba　hěn dà hěn piào liang de ne
過來參觀一下我的住所吧，很大很漂亮的呢！」

hǎi biē zǒu guò lai　tàn tóu xiàng jǐng li guān chá le yí xià　zhǐ jiàn lǐ miàn
海鱉走過來，探頭向井裏觀察了一下，只見裏面

shì yì xiē chòu hōng hōng de ní shuǐ　biàn zhòu zhe méi shuō　nǐ jiàn guò hǎi yáng
是一些臭烘烘的泥水，便皺着眉說：「你見過海洋

ma　wǒ jiù zhù zài nà li　hǎi yáng yòu shēn yòu dà　guǎng kuò wú biān　nǐ qù
嗎？我就住在那裏。海洋又深又大，廣闊無邊。你去

hǎi biān zuò zuo　guān kàn dà hǎi de zhuàng lì jǐng xiàng　zài lái shuō shuo nǐ de guān
海邊坐坐，觀看大海的壯麗景象，再來說說你的觀

gǎn ba
感吧。」

我會接龍

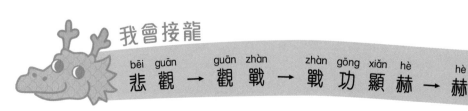

bēi guān　　guān zhàn　　zhàn gōng xiǎn hè　　hè hè yǒu míng
悲觀 → 觀戰 → 戰功顯赫 → 赫赫有名

qīng wā pǎo dào hǎi biān guān wàng le hěn jiǔ　miàn duì zhe shuǐ tiān mángmáng de
青蛙跑到海邊觀望了很久，面對着水天茫茫的

zhè yì hǎi yáng qí guān　tā biàn de yǎ kǒu wú yán　shēn shēn gǎn dào zì jǐ zuò
這一海洋奇觀③，他變得啞口無言，深深感到自己坐

jǐng guān tiān de kě bēi
井觀天④的可悲。

注：

① **觀光**：參觀外國或外地的景物、建築等。

② **走馬觀花**：比喻粗略地觀察事物。

③ **奇觀**：指雄偉美麗而又罕見的景象，或出奇少見的事情。

④ **坐井觀天**：比喻眼光狹小，看到的有限。

語文遊戲

選詞填空

坐井觀天　　參觀　　走馬觀花　　觀看　　歎為觀止

　　這次出國去（　　　　　），真是大開眼界。我們（　　　　　）了那裏最新的科技部門，雖然是（　　　　　），但是已經令我們（　　　　　），覺得自己以前是（　　　　　）的青蛙，不知道外面的世界。

míng fù qí shí　shí shì qiú shì　shì fēi hēi bái
→ 名副其實 → 實事求是 → 是非黑白

6360_041

jiā zhōng tiān le ge xiǎo dì di
家中添了個小弟弟

píng shí yǒu rén wèn wǒ jiā li hái yǒu xiōng dì jiě mèi ma　wǒ zǒng shì huí dá
平時有人問我家裏還有兄弟姐妹嗎？我總是回答

shuō　méi yǒu　wǒ shì dú shēng nǚ　wǒ jué de hěn gāo xìng　　bà ba mā
說：「沒有，我是獨生女。我覺得很高興──爸爸媽

ma zhǐ yǒu wǒ yí ge hái zi　tā men shí fēn shí fēn ài wǒ ya
媽只有我一個孩子，他們十分十分愛我呀！」

jīn nián qíng kuàng yǒu le biàn huà　mā ma shēng le yí ge xiǎo dì di　zhè
今年情況有了變化：媽媽生了一個小弟弟，這

xià jiā li kě rè nao la　dì di suí shí suí dì dōu huì kū　kū de jīng tiān dòng
下家裏可熱鬧啦！弟弟隨時隨地都會哭，哭得驚天動

dì　tā kū de shēng yīn hěn dà　wǒ jué de hěn jīng yà　zhè me ge xiǎo dōng
地。他哭的聲音很大，我覺得很驚訝──這麼個小東

xi　zěn néng fā chū zhè me jīng rén de shēng xiǎng
西，怎能發出這麼驚人的聲響？

yīng ér shí de dì di hěn kě ài　shēn tǐ hé shǒu jiǎo dōu shì pàng hū hū
嬰兒時的弟弟很可愛，身體和手腳都是胖乎乎

de　jiǎn zhí shì ge dà ròu tuán　zhuǎn yǎn jiān tā zhǎng dà le　huì dú lì xíng zǒu
的，簡直是個大肉團。轉眼間他長大了，會獨立行走

le　huì kāi kǒu jiǎng huà le　　zhè shí　wǒ de zāi nàn jiù lái le
了，會開口講話了……這時，我的災難就來了！

dì di tǐ gé qiáng zhuàng　jīng lì chōng pèi　ài yùn dòng zhěng tiān zài
弟弟體格強壯，精力充沛，愛運動，整天在

jiā dǎo luàn　sī le wǒ de shū　chāi le wǒ de wán jù　dāng tā bú lè yì
家搗亂──撕了我的書，拆了我的玩具。當他不樂意

的時候，就會打我踢我甚至咬我，從來不會說聲對不起！這不是言過其實，完全是真的。我被激怒了，當然要反抗，有時也就舉手打了他，媽媽來調解時立場很鮮明，總說：「他是你的親人，姐姐要讓弟弟嘛！」

我聽了很不開心，難道弟弟就什麼都對，姐姐就應該受委屈嗎？我覺得媽媽偏心，處處優待弟弟。要是我能和弟弟對調位置就好了。

說實話，弟弟也確實很有趣。據我觀察，他天資聰明，愛學習。我看書，他也一本正經拿起書本；

我畫畫，他也拿筆在紙上塗鴉。我就把他當作是我的學生，教他數數、唸兒歌，他的發音很標準呢。我還帶領他到遊戲室去一起玩遊戲機，這是我們的歡樂時光呢。

我是個很嚴格的老師，當這個學生學習不好、對人不禮貌的時候，我就要罰他——站角落或是關禁閉，要他選擇一樣。他就一頭鑽進房間，「砰」地一聲，關門大吉。

你說，這是不是一個令我又愛又恨的弟弟？

語文遊戲答案

1. 當：當務之急、獨當一面、敢作敢當、當之無愧、銳不可當

2. 經：不見經傳、經過、經年累月、幾經、經驗

3. 解：令人不解、調解、解鈴還須繫鈴人、解決

4. 資：a.天資、b.資歷、c.資訊、d.資源、e.投資、f.工資

5. 運：a.運思精巧、b.運籌帷幄、c.運用自如、d.時來運轉

6. 過：大喜過望、過關斬將、過眼雲煙、過猶不及、過河拆橋、勇於改過

7. 實：名副其實、踏踏實實、真心實意、實事求是、實話實說、開花結實

8. 對：對換——調換、對答——回答、對待——對付、對白——對話、
   對比——對照、對等——相等

9. 精：a.精力充沛、b.聚精會神、c.精益求精、d.精疲力盡、e.精神飽滿、
   f.精打細算、g.精耕細作、h.精明強幹

10. 領：1. 領袖——領導、帶領——率領、領口——衣領、領悟——領會、
    領路——帶路、領受——接受
    2. 參考答案：這篇文章很長，你提綱挈領介紹一下就可以了。

11. 標：招標、標準、標新立異、投標

12. 樂：「樂譜、樂句、音樂」中的「樂」唸 yuè；
    「樂滋滋、快樂、樂趣」中的「樂」唸 lè。

13. 熱：熱心腸、熱火朝天、熱土難離、熱淚盈眶

14. 調：調皮——頑皮、對調——調換、調動——調度、調節——調整、
    調解——調停、調遣——調派

15. 學：才疏學淺、博學多能、學富五車、鸚鵡學舌、學識淵博、不學無術

16. 整：1. 整個——全部、整理——整頓、整天——全天、整形——整容、
    整修——修理、整套——全套
    2. 整舊如新、整整齊齊、整然有序、整裝待發

17. 機： 1. 機器——機械、機警——機靈、時機——機會、機件——零件、
    心機——心思、機密——秘密

18. 激： 激怒、激劇、激昂、激增、激戰

19. 獨： 獨具慧眼、獨來獨往、無獨有偶

20. 興： 興隆——興旺、興衰——興亡、興許——也許、
    興高采烈——興致勃勃、興風作浪——興妖作怪

21. 舉： a. 舉目無親、b. 舉步維艱、c. 舉棋不定、d. 一舉兩得、e. 舉世無雙、
    f. 舉手之勞、g. 舉一反三、h. 舉足輕重

22. 親： 相親、父母親、迎親、親朋好友、親事

23. 選： 1. 選派——指派、選中——落選、選集——全集、選修——必修
    2. 選派、選拔、選手

24. 隨： 隨心所欲、隨遇而安、隨機應變、隨聲附和

25. 優： 1. 優點——長處、優秀——優良、優雅——優美、優裕——富裕、
    優遇——優待
    2. 優點——缺點、優勢——劣勢、優質——劣質、優秀——普通、
    優厚——菲薄

26. 應： 1. 「應屆、應有盡有、應該」中的「應」唸 yīng；
    「應考、應承、應戰」中的「應」唸 yìng。
    2. 「應」字。

27. 禮： 禮物、以禮相待、禮品、禮輕情意重、禮尚往來

28. 總： 總體、總帳、總數、總經理、總之

29. 聲： a. 不聲不響、b. 聲淚俱下、c. 不動聲色、d. 聲勢浩大、e. 聲東擊西、
    f. 虛張聲勢、聲名狼藉、聲情並茂

30. 講： 1. 講評——評論、講法——說法、講解——解釋、講究——講求、
    講情——求情
    2. 講帥——講師、講抬——講台、講坐——講座

31. 鮮： 鮮明、鮮亮、鮮貨、鮮美、鮮見、鮮有

32. 簡： 簡陋——華美、簡單——複雜、簡裝——精裝、簡稱——全稱、
簡樸——奢華

33. 轉： 1. 轉動、轉口、轉角、轉身、轉變、轉化、轉機、轉告
2.「左轉右拐、轉車」裏的「轉」唸 zhuǎn；
「轉圈、暈頭轉向」裏的「轉」唸 zhuàn。

34. 關： 關心——關注、關涉——牽涉、關口——關卡、關乎——關於、
關照——照顧

35. 難： 難以置信、難能可貴、大難臨頭、難分難解

36. 嚴： 戒嚴、嚴禁、嚴辦、嚴峻、嚴加管束

37. 變： 變成、變心、變節、變賣、變形、變革

38. 驚： a. 驚心動魄、b. 驚弓之鳥、c. 驚慌失措、d. 驚濤駭浪、e. 驚天動地、
f. 驚喜交集、g. 膽戰心驚、h. 打草驚蛇

39. 體： 身體力行、五體投地、體弱多病、不成體統、體無完膚

40. 觀： 參觀、觀看、走馬觀花、歎為觀止、坐井觀天

附錄：小學生語文學習字詞表

（本表字詞來自香港教育局編印的香港學生「小學學習字詞表」，以及由這些字和詞語引伸出去的常用詞語。紅色字是書中故事出現的詞語。）

十三畫

1. 當—— 當權、當時、相當、當心、當眾、當作、當面、當場、正當、當機立斷、當務之急、敢作敢當、當之無愧、獨當一面、螳臂當車、銳不可當、當局者迷、烈日當空、當仁不讓、當頭棒喝

2. 經—— 經過、經理、經商、經驗、經常、經歷、經銷、經手、經紀人、經費、經營、經典、經脈、經受、經緯綫、經年累月、漫不經心、不見經傳、幾經周折、經久不息

3. 解—— 調解、解決、解釋、解答、了解、解開、解剖、解除、解救、解渴、解說、註解、解悶、解疑解愁、排憂解難、難解難分、令人不解、解開疑團、慷慨解囊、解鈴還須繫鈴人

4. 資—— 工資、天資、資歷、資料、資訊、資助、資格、資金、合資、資質、投資、資本、資材、資財、資方、資力、資產、資源、資深望重、論資排輩

5. 運—— 運河、運輸、運送、運載、幸運、運用、好運、運算、運行、運作、運氣、厄運、搬運、運銷、運動場、運思精巧、運籌帷幄、運用自如、運動健將、時來運轉

6. 過—— 過河、過來、過往、渡過、過去、過程、過敏、過錯、走過、過得去、過不去、大喜過望、過關斬將、過眼雲煙、過意不去、過猶不及、精力過剩、過河拆橋、勇於改過、過街老鼠人人喊打

十四畫

7. 實—— 實幹、實力、實現、老實、真實、其實、實用、實行、實際、實踐、實驗、事實、實實在在、名副其實、腳踏實地、實事求是、實話實說、開花結實、真情實感、真心實意

8. 對—— 對手、對於、對面、對象、對勁、對口、對方、對岸、對立、對抗、對證、校對、對唱、對策、相對、對不起、對症下藥、無言以對、對答如流、對號入座

9. 精—— 精美、精品、精心、精巧、精確、精彩、精細、精裝本、精神病、精力充沛、聚精會神、精益求精、精疲力盡、精神飽滿、精打細算、精耕細作、精明強幹、精忠報國、精衛填海、精誠所至

金石為開

10. 領——領袖、領頭、領取、領口、領巾、領悟、領隊、領唱、領先、領帶、領土、領域、領教、領情、領養、率領、帶領、佔領、要領、提綱挈領

十五畫

11. 標——標籤、標牌、標明、標本、標記、標示、標誌、標題、標準、標榜、標槍、標語、路標、商標、指標、錦標、招標、投標、標點符號、標新立異

12. 樂——音樂、樂趣、樂團、樂器、樂師、樂句、樂曲、歡樂、快樂、樂觀、音樂會、樂呵呵、樂陶陶、樂天派、樂不可支、樂極生悲、樂善好施、樂此不疲、樂天知命、苦中作樂

13. 熱——熱忱、熱誠、熱度、熱水、熱敷、發熱、退熱、熱心、熱鬧、熱心腸、熱烘烘、熱乎乎、熱辣辣、熱淚盈眶、古道熱腸、熱氣騰騰、趁熱打鐵、熱火朝天、熱土難離、熱血沸騰

14. 調——調教、調養、調皮、調理、對調、腔調、調換、調料、調撥、調派、調查、調動、調用、調職、調轉、油腔滑調、南腔北調、調兵遣將、調虎離山、調嘴弄舌

十六畫

15. 學——小學、學校、學習、學額、學費、學位、自學、上學、學識、學業、中學、大學、學生、學問、才疏學淺、博學多能、學富五車、鸚鵡學舌、學識淵博、不學無術

16. 整——整潔、整理、整齊、整頓、整天、整整、整個、整數、整修、整容、整形、整除、整體、完整、整編、整舊如新、整整齊齊、整然有序、化整為零、整裝待發

17. 機——機場、班機、轉機、飛機、乘機、機鐵、手機、登機、機構、機器、機密、機智、機敏、機遇、機關、停機位、登機證、隨機應變、機不可失、日理萬機

18. 激——偏激、激進、激發、激情、激憤、激增、激勵、激戰、激越、激蕩、激動、感激、刺激、鐳射、激流、激揚、羣情激昂、慷慨激昂、激奮人心、激蕩人心

19. 獨——孤獨、獨自、獨行、單獨、獨特、獨唱、獨立、獨木橋、獨具慧眼、獨當一面、獨立無援、獨來獨往、獨具匠心、無獨有偶、獨門獨戶、獨斷獨行、獨出心裁、獨一無二、獨立自主、獨木不成林

20. 興——興奮、興起、興建、興盛、興趣、興旺、興辦、新興、興許、興隆、

興衰、興亡、興修、興高采烈、望洋興歎、興致勃勃、興風作浪、興師動眾、興妖作怪、百廢俱興

21. 舉——舉重、舉行、舉辦、舉手、舉動、選舉、推舉、舉國歡騰、舉目無親、舉步維艱、言談舉止、舉棋不定、一舉一動、一舉兩得、舉世聞名、舉世無雙、舉手之勞、舉一反三、舉足輕重、舉止大方

22. 親——親密、親人、親熱、親屬、親口、親近、親事、親友、親切、親愛、親手、雙親、親善、相親相愛、親眼目睹、親眼所見、親者痛仇者快、不分親疏、親身經歷、親臨其境

23. 選——選派、普選、挑選、選舉、選民、選票、任選、選擇、選中、選手、選材、選拔、選購、選種、人選、選集、選區、選修、選用、候選人

24. 隨——隨身、隨口、隨從、隨行、隨後、跟隨、隨手、隨便、隨處、隨意、隨和、隨同、隨心所欲、隨時隨地、隨風轉舵、隨機應變、隨聲附和、隨波逐流、入鄉隨俗、隨遇而安

十七畫

25. 優——優勢、優待、優美、優秀、優雅、優良、優點、優先、優劣、優異、優質、優等、優裕、優厚、優勝者、優越感、優柔寡斷、優勝劣敗、優惠待遇

26. 應——應邀、適應、應付、應徵、應對、答應、應該、應用、應當、呼應、應酬、應聘、應驗、應聲蟲、應接不暇、得心應手、應有盡有、應時食品、應運而生、有求必應

27. 禮——婚禮、禮服、禮節、禮拜、禮儀、禮堂、賀禮、禮品、禮物、禮貌、敬禮、喪禮、獻禮、禮花、禮炮、禮讓、禮拜堂、以禮相待、禮尚往來、禮輕情意重

28. 總——總體、總賬、總監、總務、總統、總管、總共、總數、總結、總之、總算、總計、總機、總裁、總督、總經理、總動員、總司令、總的來説、總而言之

29. 聲——聲稱、聲譽、聲望、聲揚、聲援、聲辯、聲明、聲響、不聲不響、聲淚俱下、不動聲色、聲勢浩大、聲東擊西、虛張聲勢、聲名狼藉、聲名鵲起、互通聲氣、聲情並茂、聲嘶力竭、聲息相通

30. 講——講師、講古、講課、講台、講稿、講義、講述、講學、講座、講評、講解、講話、講究、講書、講法、講和、講價、講理、講情、講故事

31. 鮮——鮮魚、鮮靈、鮮貨、海鮮、鮮嫩、鮮美、新鮮、嘗鮮、鮮血、

時鮮菜、鮮花、鮮豔、鮮明、鮮肉、鮮紅、鮮果、鮮麗、鮮亮、鮮見、鮮為人知

十八畫

32. 簡——簡化、簡單、簡陋、簡易、簡潔、簡筆、簡體字、簡筆字、簡介、簡明扼要、簡便快捷、簡直、簡短、簡稱、簡況、簡歷、簡略、簡縮、簡樸、簡章

33. 轉——轉動、轉換、轉口、轉圈、轉身、轉交、轉向、轉折、轉移、轉達、轉播、一轉眼、轉眼間、轉捩點、轉瞬間、轉彎抹角、轉危為安、轉動自如、轉戰千里、暈頭轉向

十九畫

34. 關——關愛、關注、關節、關照、關心、難關、關係、關懷、關於、關切、關閉、關頭、關鍵、關口、城關、海關、關稅、機關、關連、賣關子

35. 難——遭難、避難、難民、逃難、難過、難熬、難受、災難、難怪、難免、難堪、難為情、難以置信、難能可貴、大難臨頭、難分難解、面有難色、難兄難弟、難言之隱、難得一見

二十畫

36. 嚴——嚴肅、嚴懲、嚴辦、嚴屬、嚴格、嚴守、嚴明、威嚴、嚴重、嚴密、嚴冬、嚴防、嚴緊、嚴酷、嚴實、嚴正、嚴加管束、嚴詞拒絕、嚴陣以待、嚴師出高徒

二十三畫

37. 變——變成、變故、變換、變化、變色、改變、變心、變卦、變樣、變態、變故、變局、變遷、變通、變色龍、變奏曲、變化多端、變幻莫測、變本加厲、變化無常

38. 驚——驚人、驚惶、驚訝、驚歎、驚慌、驚嚇、驚喜、吃驚、驚險、驚詫、驚疑、驚恐萬狀、驚心動魄、驚弓之鳥、驚慌失措、驚濤駭浪、驚天動地、驚喜交集、膽戰心驚、打草驚蛇

39. 體——體育、體操、體質、體面、體能、體格、體會、體諒、體驗、氣體、整體、集體、體育場、身體力行、五體投地、體格健壯、體魄健全、體弱多病、不成體統、體無完膚

二十五畫

40. 觀——樂觀、觀賞、觀光、參觀、觀察、觀看、觀感、觀望、奇觀、觀眾、觀念、觀點、觀景台、人生觀、走馬觀花、坐井觀天、歎為觀止、察言觀色、有礙觀瞻、觀者如堵

趣味識字・組詞漢語拼音故事 4

國王出巡

編　　　著：宋詒瑞

繪　　　圖：rocky

策　　　劃：甄艷慈

責任編輯：潘宏飛　曹文姬

美術設計：何宙樺

出　　　版：新雅文化事業有限公司

　　　　　　香港英皇道499號北角工業大廈18樓

　　　　　　電話：(852) 2138 7998

　　　　　　傳真：(852) 2597 4003

　　　　　　網址：http://www.sunya.com.hk

　　　　　　電郵：marketing@sunya.com.hk

發　　　行：香港聯合書刊物流有限公司

　　　　　　香港新界大埔汀麗路36號中華商務印刷大廈3字樓

　　　　　　電話：(852) 2150 2100　　傳真：(852) 2407 3062

　　　　　　電郵：info@suplogistics.com.hk

印　　　刷：中華商務彩色印刷有限公司

　　　　　　香港新界大埔汀麗路36號

版　　　次：二〇一五年七月初版

　　　　　　10 9 8 7 6 5 4 3 2 / 2015

ISBN: 978-962-08-6360-8